隨著日子往前走

忘卻人間煙火氣

陸小曼——著

我早打發我的心，我的靈魂去追隨你的左右，
像一朵水蓮花擁扶著你往白雲深處去繚繞，
絕不回頭偷看塵間的作為，留下我的軀殼同生命來奮鬥。

到戰勝的那一天，我盼你帶著悠悠的樂聲，
從一團彩雲裡腳踏蓮花瓣來接我同去永久的相守，
過我們理想中的歲月……

目錄

一、放肆地愛，堅定地活

二、隨著日子往前走

三、有你在，便心安

一、放肆地愛，堅定地活

輕輕的我走了，
正如我輕輕的來；
我輕輕的招手，
作別西天的雲彩。
那河畔的金柳
是夕陽中的新娘
波光裡的豔影，
在我的心頭蕩漾。

——徐志摩《再別康橋》

自述的幾句話

唱戲是我最喜歡的一件事情，早幾年學過幾折崑曲，京戲我更愛看，卻未曾正式學過。前年在北京，新月社一群朋友為鬧新年逼著我扮演一出《鬧學》，那當然是玩兒，也未曾請人排身段，可是看的人和我自己都還感到一些趣味，由此我居然得到了會串戲的一個名氣了，其實是可笑得很，不值一談。這次上海婦女慰勞會幾個人說起唱戲要我也湊合一天，一來是她們的盛意難卻，二是慰勞北伐當得效勞，我就斗膽答應下來了。可是天下事情不臨到自己親身做是不會知道實際困難的；也是我從前看得唱戲太容易了，無非是唱做，哪有什麼難？我現在才知道這種外行的狂妄是完全沒有根據的，因為我一經正式練習，不是隨便不負責任地哼哼，就覺得這事情不簡單，愈練愈覺著難，到現在我連跑龍套的都不敢輕視了。

演戲絕不是易事：一個字咬得不準，一個腔使得不圓，一隻袖灑得不透，一步路走得不穩，就容易妨礙全劇的表現，演者自己的自信心，觀眾的信心，便同時受了不易彌補的打擊，真難！我看讀什麼英文法文還比唱戲容易些呢！我心裡十分地擔憂，真不知道到那天我要怎樣出醜呢。我選定《思凡》和《汾河灣》兩個戲，也有意思的。在我所拍過的幾齣昆戲中要算《思凡》的詞句最美，它真能將一個被逼著出家的人的心理形容得淋漓盡致，一氣呵成，情文相生，愈看愈覺得這真是一篇顛撲不破的美文。它的一字一句都含有顏色，有意味，有關連，絕不是無謂的堆砌，絕不是浮空的辭藻，真太美了，卻也因此表演起來更不容易，我看來只有徐老太太做得完美到無可再進的境界，我只能拜倒！她才是真功夫，才當得起表演藝術，像我這初學，簡直不知道做出什麼樣子來呢。好在我的皮厚，管他三七二十一，來一下試試。

舊戲裡好的真多。戲的原則是要有趣味、有波折，經濟也是一個重要條件。現在許多新戲失敗的原因一來蓄意曲折而反淺薄，成心寫實而反不自然，詞費更不必說，有人說白話不好，這我不知道。我承認我是一個舊腦筋，這次洪深先生本來想要我做《第二夢》，我不敢答應。因為我對於新戲更不敢隨便地嘗試，非要你全身精神都用上不可，我近來身體常病，所以我不敢多擔任事情了。

《汾河灣》確實是個好戲，靜中有鬧，俗不傷雅。離別是一種情感，盼望又是一種情感；愛子也是一種情感，戀夫又是一種情感；敘會是一種情感，悲傷又是一種情感。這些種種不同的情感，在《汾河灣》這齣戲裡，很自然地相互起伏，來龍去脈，處處認得分明，正如天上陰晴變化，雲聚雲散，日暗日麗，自有一種妙趣。但戲是好戲也得有本事人來做才能顯出戲好，像我這樣一個未入流的初學，也許連好戲多要叫我做成壞戲，又加天熱，我又是個常病的人，真不知道身上穿了厚衣頭上戴了許多東西受不受得住呢。沒有法子，大著膽，老著臉皮，預備來出醜吧，只好請看戲的諸君包涵點兒吧。

請看小蘭芬的三天好戲

多謝梅先生的「鞠躬盡瘁」，和別的先生們的好意，我的小朋友小蘭芬已然在上海頗有些聲名。單就戲碼說，她的地位已然進步了不少。此次承上海舞臺主人同意特排她三晚拿手好戲，愛聽小蘭芬戲的可以好好地過一次癮了。星期一是《玉春堂》，這戲她在北京唱得極討好，到上海來還是初演。星期二《南天門》（和郭少華配的），星期三《六月雪帶法場》，都是正路的好戲。

蘭芬的好處，第一是規矩，不愧是從北京來的。論她的本領，喉音使腔以及念白做派，實在在坤角中已是很難能的了。只可憐她因為不認識人，又不會自動出來招呼，竟然在上海舞臺埋沒了一個多月。這回若不是梅生先生的急公好義，也許到了今天上海人還是沒有注意到小蘭芬這個人的。因此我頗有點感想，順便說說。

女子職業是當代一個大問題，唱戲應分是一種極正當的職業。女子中不少有劇藝天才的人，但無如社會的成見非得把唱戲的地位看得極低微，倒像一個人唱了戲，不論男女，品格就不會高尚似的。從前呢，原有許多不知自愛的戲子（多半是男的），那是咎由自取不必說他，但我們卻不能讓這個成見生了根，從此看輕這門職業。今年上海各大舞臺居然能做到男女合演，已然是一種進步。同時女子唱戲的本領，也實是一天強似一天了。我們有許多朋友本來再也不要看女戲的，現在都不嫌了。非但不嫌，他們漸漸覺得戲裡的女角兒，非得女人扮演，才能不失自然之致。我敢預言在五十年以後，我們再也看不見梅蘭芳、程硯秋一等人，旦角天然是應得女性擔任，這是沒有疑義的。

馬豔雲

輓近女子之以藝事稱者，日有所聞，社會人士亦往往予以獎掖。貧家女子只有才慧者，得以瓊然自秀，光彩一時，致可樂也。

海上自去年以來，名坤伶接踵而至，如榮麗娟、新豔秋、雪豔琴皆能獨樹一幟，與男優競一日之長。北方名秀之蜚聲於南中而未到者，則有馬豔雲、豔秋姊妹。予迎之久，亦愛之深，切盼其早日北歸，更為此間歌舞界大放光輝。梅生先生輯名女優號，囑為述馬氏姊妹生年梗概，因為志略如左。

豔雲、豔秋皆非科班出身，以家寒素，迨十四五習藝。先從金少梅配戲，初露面，即秀挺不凡。因復踵名師請益，更出演與琴雪芳同班，京中顧曲界稍稍賞識此髫齡之姊妹。踰年由哈爾濱歸，藝益精進。豔雲更奉瑤卿為師。瑤卿之納女弟子以豔雲為始軔。豔秋學譚，至力甚勤，亦豁然開朗，與孟小冬齊名。馬氏姊妹近年來往來平津間，聲譽日隆。豔雲扮相之美，在坤伶中無出其右者。尤以天資聰穎，雖習藝期間不長，而造就之精深，非尋常所可比況。能戲至多，尤以瑤卿親授《兒女英雄傳》、《樊江關》諸劇，得心應手，剛健嫵媚，有是多也。

灰色的生活

三晚未曾睡著，今晨開眼就覺得昏頭昏腦的，一點兒精神也沒有。近年來常常失眠，睡不著時常會弄得神經發生變態，難怪我母親當年因失眠而得神經病，因此送命；今天我自身也嘗著這種味道，真是痛苦至極，沒有嘗過的人是絕對不會了解的。

以前我最愛寫日記，我覺得一個人每天有不同的動作，兩樣的思想，能每天記下來等幾年後再拿出來看看，自己會忘記是自己寫的，好像看別人寫的小說一般。所以當年我同志摩總是一人記一本。可是自從他過世後，我就從來沒有記一天，因為我感覺到無所可記，心靈麻木，生活刻板，每天除了睡，吃飯，吃菸，再加上生病之外，簡直別無一事。十幾年來如一日，我是如同枯木一般，老是一天一天地消沉，連自己都不知道哪天才能復活起來。一直到今年交過春，我也好像隨了春的暖意，身體日見健康起來了。已經快半年沒有生過病了，這是十年來第一次的好現象。因此我也好比久困的蛟蛇，身心慢慢地活動起來了，預備等手痛一好就立刻多畫一點畫，多寫一點東西。這幾天常常想拿筆寫，想借筆來一洩十幾年的憂悶，可是一想起醫生叫我不許寫的話，我就立刻沒有勇氣了。今天我是覺得手已經不太痛了，所以試一試，哪知寫了沒有幾個字，手又有點痛起來了。想寫的東西只好讓它在心裡再安睡幾天，等我完全好了再請出來吧。我只希望從今天起我可以丟卻以前死灰色的生活而走進光明活潑的環境，再多留一點不死的東西。

我的照片

真奇怪！我前些日看見《飄》上有一張照片，懸十萬元的賞，讓大家猜是誰，結果居然有大半的人猜是我，這真使我驚奇，難道真的，我自己也不認識我自己了麼？雖然說老少不能相比，可是看眼耳鼻的樣子總不會改的吧！況且我自己對我自己的裝飾，我總不會忘記的，我的頭髮從來沒有這樣梳過，尤其是對於側面的照片，我是很少照的，所以我看來看去，想來想去，我可以決定她不是我！

秋翁寫的一篇文字更使我奇訝！他是見過我的，認識我的，怎麼也會說是我呢！還說有照片為證，這真叫我糊塗死了，有機會我一定想著問他要來看；他的盛意我是非常感謝的，我這十幾年來可算是像坐關似的一樣靜，我簡直是不出大門一步，難得有要緊的事出去一次，一年也沒有幾次，一天到晚只是在家靜養，只有老朋友來看我，我是沒有回看人家的時候，多蒙許多人倒常常關念著我的生活，使我十分安慰。一個藝人的生活，在這個年頭，能糊里糊塗地一天天往下過，就算不錯，要怎樣享受是辦不到的，所以我也相當地安慰，我不苛求，我也不需要別人金錢上的扶助，我只是量入而出，過著一種平等的日子，榮華富貴的日子，絕不是像我這種不幸的人應該有的，所以我很安靜地忍受著現在的環境。人生本是夢，夢長與夢短而已，還不是一樣地一天天過去。等待著一旦夢醒，好與壞還不是一樣！

關於我的照片，我是沒有一張不記得的，除非是別人在我不留心的時候偷著拍去的，其餘的我都有數目的，在北京照的有很多好的，可是我到上海的時候已經快沒有了，在上海我根本沒有照過幾次，所照的也都是大張的美術照片，所以在《飄》登的那一張，我可以很清楚地記得，那並不是我。

現在雖然已經老了，可是我想一個人老少的分別，只不過在胖瘦，或是皮膚生了皺紋，至於眉眼的大小等，大約不會改到完全不一樣的成分。這是我的理想，不知對不對。我想今年我也許可以有轉機，好像有了一點健康的機會了，等天氣和暖一點的時候，我一定要去照一張現在的我看看，不知道照出來成何樣子，因為我已經有二十年不拍照了，到那時候，我一定會讓大家看看，讓關懷著我的人看看，二十年後的我是一個什麼樣子，讓看過二十年前的我的照片的人，再看一看現在的我——對照一下，一個不同時代的女人，分別是怎樣的？

不過在我看來，若是女人能有永遠好的環境，自己好好地保養，她的青春是不大容易就消失的。精神上的安慰和環境的好壞，是能給人一個不同的收穫的。

我近年來對於自己的修飾上是早已不關心的了，在家的時候簡直連鏡子都不大照，也懶得照，好看又怎樣？不好看又有什麼？我還感覺到美貌給女人永遠帶來壞運氣，難得是幸福的，還是平平常常的也許還可以過一個平平常常的安逸日子，有了美貌常會不知不覺地同你帶來許多意外的麻煩的，不知我的感覺對不對？連我自己都不知道了。文立要我寫稿子，我是久不動筆了，可巧為《飄》上的照片事有所感，所以隨便亂塗了幾句，也算了一件心事。

至於最近的照片，只有等我去拍了再刊登了。

哭摩

我深信世界上怕沒有可以描寫得出我現在心中如何悲痛的一支筆，不要說我自己這支輕易也不能動的一支。可是除此我更無可以洩我滿懷傷怨的心的機會了，我希望摩的靈魂也來幫我一幫，蒼天給我這一霹靂直打得我滿身麻木得連哭都哭不出，渾身只是一陣陣的麻木。幾日的昏沉直到今天才醒過來，知道你是真的與我永別了。摩！漫說是你，就怕是蒼天也不能知道我現在心中是如何的疼痛，如何的悲傷！從前聽人說起「心痛」我老笑他們虛偽，我想人的心怎會覺得痛，這不過說說好聽而已，誰知道我今天才真的嘗著這一陣陣心中絞痛似的味兒了。你知道嗎？曾記得當初我只要稍有不適即有你聲聲的在旁慰問，咳，如今我即使是痛死，也再沒有你來低聲下氣的慰問了。摩，你是不是真的忍心永遠的拋棄我了？你從前不是說你我最後的呼吸也須要連在一起才不負你我相愛之情嗎？你為什麼不早些告訴我是要飛去呢？直到如今我還是不信你真的是飛了，我還是在這兒天天盼著你回來陪我呢。你快點將未了的事辦一下，來跟我一同去到雲外去優遊去罷，你不要一個人在外逍遙，忘記了閨中還有我等著呢！

這不是做夢嗎？生龍活虎似的你倒先我而去，留著一個病懨懨的我單獨與這滿是荊棘的前途來奮鬥。志摩，這不是太慘了嗎？我還留戀些什麼？可是回頭看看我那蒼蒼白髮的老娘，我不由一陣陣只是心酸，也不敢再羨你的清閒愛你的優遊了。我再哪有這勇氣，去看她這個垂死的人而與你雙雙飛進這雲天裡去圍繞著燦爛的明星跳躍，忘卻人間有憂愁有痛苦像只沒有牽掛的梅花鳥。這類的清福怕我還沒有緣去享受！我知道我在塵世間的罪還未滿，尚有許多的痛苦與罪孽還等著我去忍受呢。我現在唯一的希望是你倘能在一個深沉的黑夜裡，靜靜淒淒地放輕了腳步走到我的枕邊，給我些無聲的私語，讓我在夢魂中知道你！我的大大是回家來探望你那忘不了你的愛來了，那時間，我絕不張皇！你不要慌，沒人會來驚擾我們的。多少你總得讓我再見一見你那可愛的臉，我才有勇氣往下過這寂寞的歲月。你來吧，摩！我在等著你呢。

事到如今我一點也不怨，怨誰好？恨誰好？你我五年的相聚只是幻影，不怪你忍心去，只怪我無福留；我是太薄命了，十年來受盡千般的精神痛苦，萬樣的心靈摧殘，直將我這顆心打得破碎得不可收拾，今天才真變了死灰的了，也再不會發出怎樣的光彩了。好在人生的刺激與柔情我也曾嘗味，我也曾容忍過了。現在又受到了人生最可怕的死別。不死也不免是朵憔悴的花瓣，再見不著陽光晒也不見甘露漫了。從此我再不能知道世間有我的笑聲了。

經過了許多的波折與艱難才達到了結合的日子，你我那時快樂直忘記了天有多高地有多厚，也忘記了世界上有「憂愁」二字，快活的日子過得與飛一般快，誰知道不久我們又走進憂城。病魔不斷地來纏著我。它帶著一切的煩惱，許多的痛苦，那時間我身體上受到了不可言語的沉痛，你精神上也無端的沉入憂悶。我知道你見我病身呻吟，轉側床笫，你心坎裡有說不出的憐惜，滿腸中有無限的傷感。你曾慰我，我卻無從使你再有安逸的日子。摩，你為我荒廢了你的詩意，失卻了你的文興，受著一般人的笑罵，我也只是在旁默然自恨，再沒有法子使你像從前的歡笑。誰知你不顧一切的還是成天的安慰我，叫我不要因為生些病就看得前途只是黑暗，有你永遠在我身邊不要再怕一切無謂的閒論。我就聽著你靜心平氣的養，只盼著天可憐我們幾年的奮鬥，給我們一個安逸的將來。誰知道如今一切都是幻影，我們的夢再也不能實現了，早知有今日，何必當初你用盡心血地將我撫養呢？讓我前年病死了，不是痛快得多嗎？你常說天無絕人之路，守著好了，哪知天竟絕人如此，哪裡還有我平坦走著的道兒？這不是命嗎？還說什麼？摩，不是我到今天還在怨你，你愛我，你不該輕身，我為你坐飛機吵鬧不知幾次，你還是忘了我的一切的叮嚀，瞞著我獨自地飛上天去了。

完了，完了，從此我再也聽不到你那嘰咕小語了，我心裡的悲痛你知道嗎？我的破碎的心留著你來補呢，你知道嗎？唉，你的靈魂也有時歸來見我嗎？那天晚上我在朦朧中見著你往我身邊跑，只是那一霎眼的就不見了，等我跳著、叫著你，也再不見一些模糊的影子了。咳，你叫我從此怎樣度此孤單的日月呢？真是叫天天不應，叫地地不響，蒼天如何給我這樣殘酷的刑罰呢！從此我再不信有天道，有人心；我恨這世界，我恨天，恨地，我一切都恨。我恨他們為什麼搶了我的你去，生生的將我們兩顆碰在一起的心離了開去，從此叫我無處去摸我那一半熱血未乾的心。你看，我這一半還是不斷地流著鮮紅的血，流得滿身只成了個血人。這傷痕除了那一半的心血來補，還有什麼法子不叫它不滴滴的直流呢？痛死了有誰知道？終有一天流完了血自己就枯萎了。若是有時候你清風一陣的吹回來，見著我成天為你滴血的一顆心，不知道又要如何的憐惜、如何的張皇呢。我知道你又看著兩個小貓似眼珠兒亂叫亂叫著。我希望你叫高聲些，讓我好聽得見，你知道我現在只是一陣陣糊塗，有時人家大聲地叫著我，我還是東張西望不知聲音是何處來的呢。大大，若是我正在接近著夢邊，你也不要怕擾了我的夢魂，像平常似的不敢驚動我，你知道我再不會罵你了，就是你擾我不睡，我也不敢再怨了，因為我只要再能得到你一次的擾，我就可以責問他們因何騙我說你不再回來，讓他們看著我的摩還是丟不了我，乖乖的又回來陪伴著我了。這一回我可一定緊緊的摟抱你，再不能叫你飛出我的懷抱了。天呀！可憐我，再讓你回來一次吧！我沒有得罪你，為什麼罰我呢？摩！我這兒叫你呢，我喉嚨裡叫得直要冒血了，你難道還沒有聽見嗎？直叫到鐵樹開花，枯木發聲我還是忍心等著，你一天不回來，我一天的叫，等著我哪天沒有了氣我才甘心地丟開這唯一的希望。

你這一走不單是碎了我的心，也收了不少朋友傷感的痛淚。這一下真使人們感覺到人世的可怕、世道的險惡，沒有多少日子竟會將一個最純白、最天真不可多見的人收了去，與人世永訣。在你也許到了天堂，在那兒還一樣過你的歡樂的日子，可是你將我從此就斷送了。你以前不是說要我清風似的常在你的左右嗎？好，現在倒是你先化了一陣清風飛去天邊了。我盼你有時也吹回來幫著我做些未了的事，只要你有耐心的話，最好是等著我將人世的事辦完了同著你一同化風飛去，讓朋友們永遠只聽見我們的風聲而不見我們的人影，在黑暗裡我們好永遠逍遙自在的飛舞。

我真不明白你我在佛經上是怎樣一種因果，既有緣相聚又因何中途分散，難道說這也有一定的定數嗎？記得我在北平的時候，那時還沒有認識你，我是成天的過著那忍淚假笑的生活。我對人老含著一片至誠純白的心而結果反遭不少人的譏誚，竟可以說沒有一個人能明白我，能看透我的。一個人遭著不可語的痛苦，當然地不由生出厭世之心，所以我一天天地只是藏起了我的真實的心，而拿一個虛偽的心來對付這混濁的社會，也不再希望有人來能真真的認識我、明白我，甘心願意從此自相摧殘的快快了此殘生，誰知道就在那時候會遇見了你，真如同在黑暗裡見著了一線光明，遂死的人又兌了一口氣，生命從此轉了一個方向。摩摩，你明白我，真算是透澈極了，你好像是成天鑽在我的心房裡似的，直到現在還只是你一個人是真還懂得我的。我記得我每遭人辱罵的時候你老是百般的安慰我，使我不得不對你生出一種不可言喻的感覺。我老說，有你，我還怕誰罵；你也常說，只要我明白你，你的人是我一個人的，你又為什麼要去顧慮別人的批評呢？所以我哪怕成天受著病魔的纏繞也再不敢有所怨恨的了。我只是對你滿心的歉意，因為我們理想中的生活全被我的病魔來打破，連累著你成天也過那愁悶的日子。可是兩年來我從來未見你有一些怨恨，也不見你因此對我稍有冷淡之意。也難怪文伯要說，你對我的愛是「come and true」的了。我只怨我真是無以對你，這，我只好報之於將來了。

我現在不顧一切往著這滿是荊棘的道路上走去，去尋一點真實的發展，你不是常怨我跟你幾年沒有受著一些你的詩意的薰陶嗎？我也實在慚愧，真也辜負你一片至誠的心了，我本來一百個放心，以為有你永久在我身邊，還怕將來沒有一個成功嗎？誰知現在我只得獨自奮鬥，再不能得你一些相助了，可是我若能單獨撞出一條光明的大路也不負你愛我的心了，願你的靈魂在冥冥中給我一點勇氣，讓我在這生命的道上不感受到孤立的恐慌。我現在很決心的答應你從此再不張著眼睛做夢，躺在床上亂講，病魔也得最後與它決鬥一下，不是它生便是我倒，我一定做一個你一向希望我所能成的一種人。我決心做人，我決心做一點認真的事業，雖然我頭頂只見烏雲，地下滿是黑影，可是我還記得你常說「受苦的人沒有悲觀的權力」。一個人絕不能讓悲觀的慢性病侵蝕人的精神，讓厭世的惡質染黑人的血液。我此後絕不再病（你非暗中保護不可），我只叫我的心從此麻木，不再問世界有戀情，人們有歡娛。我早打發我的心，我的靈魂去追隨你的左右，像一朵水蓮花擁扶著你往白雲深處去繚繞，絕不回頭偷看塵間的作為，留下我的軀殼同生命來奮鬥。到戰勝的那一天，我盼你帶著悠悠的樂聲從一團彩雲裡腳踏蓮花瓣來接我同去永久的相守，過我們理想中的歲月。

一轉眼，你已經離開了我一個多月了，在這段時間我也不知道是怎樣過來的，朋友們跑來安慰我，我也不知道是說什麼好。雖然決心不生病，誰知（它）一直到現在也沒有離開過我一天。摩摩，我雖然下了天大的決心，想與你爭一口氣，可是叫我怎生受得了每天每時悲念你的一陣陣心肺的絞痛。到現在有時想哭，眼淚乾得流不出一點；要叫，喉中疼得發不出聲。雖然他們成天的逼我喝一碗碗的苦水，也難以補得我心頭的悲痛，怕的是我懨懨的病體再受不了那歲月的摧殘。我的愛，你叫我怎樣忍受沒有你在我身邊的孤單？你那幽默的靈魂為什麼這些日子也不給我一些聲響？我晚間有時也叫了他們走開，房間不讓有一點聲音，盼你在人靜時給我一些聲響，叫我知道你的靈魂是常常環繞著我，也好叫我在茫茫前途感覺到一點生趣，不然怕死也難以支持下去了。摩！大大！求你顯一顯靈吧，你難道忍心真的從此不再跟我說一句話了嗎？不要這樣的苛酷了吧！你看，我這孤單一人影從此怎樣去撞這艱難的世界？難道你看了不心痛嗎？你愛我的心還存在嗎？你為什麼不響？大！你真的不響了嗎？

中秋夜感

並不是我一提筆就離不開志摩，就是手裡的筆也不等我想就先搶著往下溜了，尤其是在這秋夜！窗外秋風捲著落葉，沙沙的幽聲打入我的耳朵，更使我忘不了月夜的回憶、眼前的寂寥。本來是他帶我認識了筆的神祕，使我感覺到這一支筆的確是人的一個唯一的良伴：它可以洩你滿腹的憂怨，又可以將不能說的、不能告人的話訴給紙筆，吐一口胸中的積悶。所以古人常說不窮做不出好詩，不怨寫不出好文。的確，回味這兩句話，不知有多少深意。我沒有遇見摩的時候，我是一點也不知道走這條路，怨恨的時候只知道拿了一支香菸滿屋子轉，再不然就蒙著被頭暗自飲泣。自從他教我寫日記，我才知道這支筆可以代表一切，從此我有了吐氣的法子了。可是近來的幾年，我反而不敢親近這支筆，怕的是又要使神經有靈性，腦子裡有感想。歲數一年年的長，人生的一切也一年年的看得多，可是越看越糊塗。這幻妙的人生真使人難說難看，所以簡直的給它一個不想不看最好。

前天看摩的自剖，真有趣！只有他想得出這樣離奇的寫法，還可以將自己剖得清清楚楚。雖然我也想同樣的剖一剖自己，可是苦於無枝無桿可剖了。連我自己都說不出我究竟是怎樣的一個人。我只覺得留著的不過是有形無實的一個軀殼而已。活著不過是多享受一天天物質上的應得，多看一點新奇古怪的戲聞。我只覺人生的可怕，簡直今天不知道明天又有什麼變化；過一天好像是撿著一天似的，誰又能預料哪一天是最後的一天呢？生與死的距離是更短在咫尺了！只要看志摩！他不是已經死了快十年了嗎？在這幾年中，我敢說他的影像一天天在人們的腦中模糊起來了，再過上幾年不是完全消滅了嗎？誰不是一樣？我們溜到人世間也不過是打一轉兒，轉得好與歹的不同而已，除了幾個留下著作的也許還可以多讓人們紀念幾年，其餘的還不是同鏡中的幻影一樣？所以我有時候自己老是呆想：也許志摩沒有死。生離與死別時候的影像在誰都是永遠切記在心頭的；在那生與死交迫的時候是會有不同的可怕的樣子，使人難捨難忘的。可是他的死來得太奇特，太匆忙！那最後的一忽兒會一個人都沒有看見；不要說我，怕也有別人會同樣的不相信的。所以我老以為他還是在一個沒有人跡的地方等著呢！也許會有他再出來的一天的。他現在停留的地方雖然我們看不見，可是我一定相信也是跟我們現在所處的一樣，又是一個世界而已；那一面的樣子，雖然常有離奇的說法，異樣的想像，只可恨沒有人能前往遊歷一次，而帶一點新奇的事回來。不過一樣事我可以斷定，志摩雖然說離了軀殼，他的靈魂是永遠不會消滅的。我知道他一定時常在我們身旁打轉，看著我們還是在這兒做夢似的混，暗笑我們的痴呆呢！不然在這樣明亮的中秋月下，他不知道又要給我們多少好的詩料呢！

說到詩，我不牢騷，實在是不能不說。自從他走後，這幾年來我最注意到而使我失望的就是他所最愛的詩好像一天天的在那兒消滅了，作詩的人們好像沒有他在時那樣熱鬧了。也許是他一走帶去了人們不少的詩意；更可以說提起作詩就免不了使人懷念他的本人，增加無限離情，就像我似的一提筆就更感到死別的慘痛。不過我也不敢說一定，或許是我看見得少，尤其是在目前枯槁的海邊上，更不容易產出什麼新進的詩人。可是這種感覺不僅屬於我個人，有幾個朋友也有這同樣的論調。這實在是一件可憾的事！他若是在也要感覺到痛心的。所以那天我睡不著的時候，來回的想：走的，我當然沒有法子拉回來；可是無論如何我一定要想法子引起詩人們的詩興才好，不然志摩的靈魂一定也要在那兒著急的。只要看他在的時候，每一次見著一好詩，他是多麼高興的唱讀；有天才的，他是怎樣的引導著他們走進詩門；要是有一次發現一個新的詩人，他一定跳躍得連飯都可以少吃一頓。他一生所愛的唯有詩，他常叫我做，勸我學。「只要你隨便寫，其餘的都留著我來改。哪一個初學者不是大膽的塗？誰又能一寫就成了絕句？只要隨時隨地，見著什麼而有所感，就立刻寫下來，不就慢慢的會了？」這幾句話是我三天兩頭兒聽見的。雖然他起足了勁兒，可是我始終沒有學過一次，這也是使他灰心的。現在我想著他的話，好像見著他那活躍的樣子，而同時又覺得新出品又那樣少，所以我也大膽的來謅兩句。說實話，這也不能算是詩，更不成什麼格；教我的人，雖然我敢說離著我不遠，可是我聽不到他的教導，更不用說與我改削了，只能算一時所感覺著的隨便寫了下來就是。我不是要臭美，我只想拋磚引玉：也許有人見到我的苦心，不想寫的也不忍不寫兩句，以慰多年見不到的老詩人，至少讓他的靈魂也再快樂一次。不然像我那樣的詩不要說沒有發表的可能性，簡直包花生米都嫌它不夠格兒呢！

而《秋葉》就是在實行我那想頭的第一首。

牡丹與綠葉

望眼欲穿的劉大師畫展在二十一日可以實現了，這是我們值得欣賞的一個畫展。中國的畫家能在同時中西畫都畫得好，只有劉大師一人了。他開始是只偏重西畫，他的西畫不但是中國人所欣賞，在歐洲也博得不少西洋畫家的欽佩。我記得當年志摩還寫過一篇很長的文章，講歐洲畫家們怎樣認識與讚美大師的畫呢！後來他回國後又盡心研究中國畫，他私人收集了不少有名的古畫，件件都是精品。因為他有天賦的聰明，所以不久他就深得其中奧妙；畫出來的畫又古雅又渾厚，氣魄逼人，自有一種說不出的偉大的味兒。我是一個後學，我不敢隨便批評，亂講好壞，好在自有公論。

我只感覺到一點，就是我們大師的為人，實在是在畫家之中不可多得的人才；他不僅是關在門內死畫，他同時還有外交家與政治家的才能，他對外能做人所不敢做的，能講人所不敢講的。就像在南洋群島失守時，日本人尋著他的時候，他能用很鎮靜的態度來對付，用他的口才戰勝，講得日本人不敢拿他隨便安排。他在靜默之中顯出強硬，絕不軟化，所以後來日本人反而對他尊敬低頭。在沒有辦法之中只好很客氣的拿飛機送他回上海；這種態度是真值得令人欽佩的。

還有他做起事來，不怕困難，不懼外來的打擊，他要做就非做成不可，具有偉大的創造性。為藝術他不惜任何犧牲，像美專能有今日的成就，他不知道費了多少精神與金錢；有時還要忍受外界的非議，可是他一切都能不顧，不問，始終堅決的用他那一貫的作風來做到底；所以才有今天的成功。最近他對國畫進步得更驚人，這次的畫展一定有許多意想不到的好畫，同時還有他太太的作品！這是最難得的事情，她雖然是久居在南洋，受過高深的西學，可是她對中國的國學是一直愛好的；尤其寫字，她每天早晨一定要寫幾篇字之後才做別的事情。所以她的字寫得很有功夫，秀麗而古樸，有男子氣魄，真是不可多得的精品。有時海粟畫了得意的好畫再加上太太一篇長題，真是牡丹與綠葉更顯得精彩。我是不敢多講，不過聽得他夫婦有此盛事，所以胡亂的塗幾句來預祝他們，並告海上愛好藝術的同志們，不要錯過了機會！

二、隨著日子往前走

我是天空裡的一片雲，
偶爾投影在你的波心——
你不必訝異，
更無須歡喜——
在轉瞬間消滅了蹤影。
你我相逢在黑暗的海上，
你有你的，我有我的，方向；
你記得也好，
最好你忘掉，
在這交會時互放的光亮！

——徐志摩《偶然》

隨著日子往前走

實在不是我不寫，更不是我不愛寫：我心裡實在是想寫得不得了。自從你提起了寫東西，我兩年來死灰色的心靈裡又好像閃出了一點兒光芒，手也不覺有點兒發癢，所以前天很堅決的答應了你兩天內一定擠出一點東西。誰知道昨天勇氣十足的爬上寫字臺，擺出了十二分的架子，好像一口氣就可以寫完我心裡要寫的一切。說也可笑，才起了一個頭就有點兒不自在了：眼睛看在白紙上好像每個字都在那兒跳躍。我還以為是病後力弱眼花。不管他，還是往下寫！再過一忽兒，就大不成樣了：頭暈，手抖，足軟，心跳，一切的毛病像潮水似的都湧上來了，不要說再往下寫，就是再坐一分鐘都辦不到。在這個時候，我只得擲筆而起，立刻爬上了床，先閉了眼靜養半刻再說。

雖然眼睛是閉了，可是我的思潮像水波一般的在內心起伏，也不知道是怨，是恨，是痛，我只覺得一陣陣的酸味往我腦門裡衝。

我真的變成了一個廢物麼？我真就從此完了麼？本來這三年來病鬼纏得我求死不能，求生無味；我只能一切都不想，一切都不管，腦子裡永遠讓他空洞洞的不存一點東西，不要說是思想一點都沒有，連過的日子都不知道是幾月幾日，每天只是隨著日子往前走，餓了就吃，睡夠了就爬起來。靈魂本來是早就麻木的了，這三年來是更成死灰了。可是希望恢復康健是我每天在那兒禱頌著的。所以我什麼都不做，連畫都不敢動筆。一直到今年的春天，我才覺得有一點兒生氣，一切都比以前好得多。在這個時候正碰到你來要我寫點東西，我便很高興的答應了你。誰知道一句話才出口不到半月，就又變了腔，說不出的小毛病又時常出現。真恨人，小毛病還不算，又來了一次大毛病，一直到今天病得我只剩下了一層皮一把骨頭。我身心所受的痛苦不用說，而屢次失信於你的雜誌卻更使我說不出的不安。所以我今天睡在床上也只好勉力的給你寫這幾個字。人生最難堪的是心裡要做而力量做不到的事情，尤其是我平時的脾氣最不喜歡失信。我覺得答應了人家而不做是最難受的。

不過我想現在病是走了，就只人太瘦弱，所以一切沒有精力。可是我想再休養一些時候一定可以復原了。到那時，我一定好好的為你寫一點東西。雖然我寫的不成文章，也不能算詩（前晚我還做了一首呢），可是他至少可以一洩我幾年來心裡的苦悶。現在雖然是精力不讓我寫，一半也由於我懶得動，因為一提筆，至少也要使我腦子裡多加一層痛苦：手寫就得腦子動，腦子一動一切的思潮就會起來，於是心靈上就有了知覺。我想還不如我現在似的老是食而不知其味的過日子好，你說是不是？

雖然躺著，還有點兒不得勁兒：好，等下次再寫。

泰戈爾在我家

誰都想不到今年泰戈爾先生的八十大慶倒由我來提筆慶祝。人事的變遷太幻妙得怕人了。若是今天有了志摩，一定是他第一個高興。只要看十年前老頭兒七十歲的那一年，他在幾個月前就坐立不安思念著怎樣去慶祝，怎樣才能使老頭滿意，所以他一定要親自到印度去，而同時環境又使他不能離開上海，直急得搔頭抓耳連筆都懶得動；一直到去的問題解決了，才慢慢的安靜下來，後來費了幾個月的工夫，才從歐洲一直轉到印度，見到老頭本人，才算了足心願。歸後他還說，這次總算稱了我的心；等他八十歲的時候，請老人家到上海來才好玩呢！誰知一個青年人倒先走在老年人的前頭去了。

本來我同泰戈爾是很生疏的，他第一次來中國的時候，我還未曾遇見志摩；雖然後來志摩跟我認識之後，第一次出國的時候，就跟我說此去見著泰戈爾一定要介紹給你，還叫我送一張照片給他；可是我腦子裡一點感想也沒有。一直到去了見著老人之後，寄來我一張字條，是老人的親筆；當然除了誇讚幾句別無他話，而在志摩信裡所說的話，卻使我對這位老人發生了奇怪的感想，他說老人家見了我們的相片之後，就將我的為人、脾氣、性情都說了一個清清楚楚，好像已見著我的人一樣；志摩對於這一點尤其使他欽佩得五體投地；恨不能立刻叫我去見他老人家。同時他還叫志摩告訴我，一二年後，他一定要親自來我家，希望能夠看見我，叫我早一點預備。自從那時起，我心裡才覺得老人家真是一個奇人，文學家而同時又會看相！也許印度人都能一點幻術的吧。

我同志摩結婚後不久，他老人家忽然來了一個電報，說一個月後就要來上海，並且預備在我家下榻。好！這一下可忙壞了我們了；兩個人不知道怎樣辦才好。房子又小；窮書生的家裡當然沒有富麗堂皇的家具，東看看也不合意，西看看也不稱心，簡單的樓上樓下也尋不出一間可以給他住的屋子。回絕他，又怕傷了他的美意；接受他，又沒有地方安排。一個禮拜過去還是一樣都沒有預備，只是兩個人相對發愁。正在這個時候，電報又來了，第二天的下午船就到上海。這一下可真抓了瞎了，一共三間半屋子，又怕他帶的人多，不夠住，一時搬家也來不及，結果只好硬著頭皮去接了再說。

一到碼頭，船已經到了。我們只見碼頭上站滿了人，五顏六色的人頭，在陽光下耀得我眼睛都覺得發花！我奇怪得直叫起來，怎麼今天這兒盡是印度阿三呀！他們來開會麼？志摩說：「你真糊塗，這不是來接老人家的麼？」我這才明白過來，心裡不由的暗中發笑，志摩怎麼喜歡同印度人交朋友。我心裡一向欽佩之心到這個時候竟有一點兒不舒服起來了，因為我平時最怕看見的是馬路上的紅頭阿三，今天偏要叫我看見這許多的奇形怪狀的人，綠沉沉的眼珠子，一個個對著我們兩個人直看，看得我躲在志摩的身邊連動也不敢動。那時除了害怕，別的一切都忘懷了，連來做什麼的都有點糊塗。一直到擠進了人叢，來到船板上，我才喘過一口氣來，好像大夢初醒似的，經過船主的招呼，才知道老人家的房間。

志摩是高興得連跑帶跳的一直往前走，簡直連身後的我都忘了似的，一直往一間小屋子就鑽，我也只好悄悄地跟在後邊；一直到走進一間小房間，我才看見他正在同一個滿頭白髮的老人握手親近，我才知道那一定就是他一生最崇拜的老詩人。留心上下的細看，同時心裡感著一陣奇特的意味，第一感覺的，就是怎麼這個印度人生得一點也不可怕？滿臉一點也不帶有普通印度人所有的凶殘的目光，臉色也不覺得奇黑，說話的音調更帶有一種不可言喻的美，低低的好似出谷的黃鶯，在那兒婉轉嬌啼，笑瞇瞇的對著我直看。我那時站在那兒好像失掉了知覺，連志摩在旁邊給我介紹的話都沒聽見，也不上前，也不退後，只是直著眼對他看；連志摩在家中教好我的話都忘記說，還是老頭兒看出我反常的情形，慢慢的握著我的手細聲低氣的向我說話。

在船裡我們就談了半天，老頭兒對我特別的親近，他一點兒也沒有驕人的氣態，我告訴他我家裡實在小得不能見人，他反說他愈小愈喜歡，不然他們同胞有的是高廳大廈請他去住，他反要到我家裡去嗎？這一下倒使我不能再存絲毫客氣的心，只能遵命陪他回到我們的破家。他一看很滿意，我們特別為他預備的一間小印度房間他反不要，倒要我們讓他睡我們兩人睡的破床。他看上了我們那頂有紅帳子的床，他說他愛它的異鄉風味。他們的起居也跟我們一樣，並沒歐美人特別好潔的樣子，什麼都很隨便。只是早晨起得特別早，五時一定起身了，害得我也不得安睡。他一住一個星期，倒叫我見識不少，每次印度同胞請吃飯，他一定要帶我們同去，從未吃過的印度飯，也算吃過幾次了，印度的闊人家裡也去過了，真有許多不同的地方。同時還要在老頭兒休息的時候，陪著他帶來的書記去玩，那時情況真是說不出的愉快，志摩更是樂得忘其所以，一天到晚跟著老頭子轉。雖然住的時間並不長，可是我們三人的感情因此而更加親熱了。

這個時候志摩才答應他到八十歲的那年一定親去祝壽，誰知道志摩就在去的第二年遭難。老頭子這時候聽到這種霹靂似的惡信，一定不知怎樣痛惜的吧。本來也難怪志摩對他老人家特別的敬愛，他對志摩的親摯也是異乎平常，不用說別的，一年到頭的信是不斷的。只可惜那許多難以得著的信，都叫我在摩故後全部遺失了，現在想起來也還痛惜！因為自得噩耗後，我是一直在迷霧中過日子，一切身外之物連問都不問，不然今天我倒可以拿出不少的紀念品來，現在所存的，就是附印在這裡泰戈爾為我們兩人所作的一首小詩和那幅名貴的自畫像而已。

泰戈爾在我家做客——兼憶志摩

「回憶」！這兩個字早就在我腦子裡失去了意義，二十年前，我就將「回憶」丟在九霄雲外去了！我不想回憶，不要回憶，不管以前所遭遇到的是什麼味兒，甜的也好，悲的也好，樂的也好，早就跟著志摩一塊兒消失了，我腦子裡早就什麼都沒有，只有一片空虛。什麼是喜，什麼是悲，我都感覺不清楚，我已是一個失去靈魂的木頭人了。我一直是閉門家中坐，每天消磨在煙雲圍繞的病魔中。日曆對我是一點用處都沒有的，我從來也不看看今天是幾號或是禮拜幾，對我是任何一個日子都是一樣的——天亮而睡，月上初醒，白天黑夜跟我也是一點關係也沒有，我只迷迷糊糊的隨著日子向前去，絕不回頭。想一想，二十幾年來，一直是如此的。最近從子叫我為《文藝（匯）月刊》寫一篇回憶志摩的小文，這一下不由我又從麻醉了多年的腦子裡來找尋一點舊事，我倒不是想不起來，我是怕想！想起來就要神經不定，臥睡不寧，過去的愉快就是今日的悲哀。他的一舉一動又要活躍在我眼前，我真不知從何說起！

志摩是個對朋友最熱情的人，所以他的朋友很多，我家是常常座上客滿的，連外國朋友都跟他親善，如英國的哈代、狄更生、迦耐脫，尤其是我們那位印度的老詩人泰戈爾（Rabindranath Tagore）同他的感情更為深厚。從泰戈爾初次來華，他們就定下了深交（那時我同志摩還不相識）。老頭子的講演都是志摩翻譯的，並且還翻了許多詩。在北京他們是怎樣在一塊兒盤桓，我不大清楚。後來老詩人走後不久，我同志摩認識了，可是因為環境的關係，使我們不能繼續交往，所以他又一次出國去。他去的目的就是想去看看老詩人，訴一訴他心裡累積的愁悶，準備見著時就將我們的情形告訴他。後來因為我患重病，把志摩從歐洲請了回來，沒有見到。但當老詩人聽到了我們兩人的情況，非常贊成，立刻勸他繼續為戀愛奮鬥，不要氣餒。我們結婚後，老詩人一直來信說要來看看我。事前他來信說，這次的拜訪只是來看我們兩人，他不要像上次在北京時那樣大家都知道，到處去演講。他要靜悄悄的在家住幾天，做一個朋友的私訪。大家談談家常，親親熱熱的像一家人，愈隨便愈好。雖然他是這樣講，可是志摩就大動腦筋了。對印度人的生活習慣，我是一點都不知道，叫我怎樣招待？準備些什麼呢？志摩當然比我知道得多，他就動手將我們的三樓布置成一個印度式房間，裡邊一切都模仿印度的風格，費了許多心血。我看看倒是別有風趣，很覺好玩。忙了好些天，總算把他盼來了。

那天船到碼頭，他真的是簡單得很，只帶了一位祕書叫 Chanda，是一個年輕小夥子，我們只好把他領到旅館裡去開了一個房間，因為那間印度式房間只可以住一個人。誰知這位老詩人對我們費了許多時間準備的房子倒並不喜歡，反而對我們的臥室有了好感。他說：「我愛這間饒有東方風味、古色古香的房間，讓我睡在這一間罷！」真有趣！他是那樣的自然、和藹，一片慈愛的撫著我的頭管我叫小孩子。他對我特別有好感，我也覺得他那一頭長長的白髮拂在兩邊，一對大眼睛晶光閃閃的含著無限的熱忱對我看著，真使我感到一種說不出的溫暖。他的聲音又是那樣好聽，英語講得婉轉流利，我們三人常常談到深夜不忍分開。

雖然我們相聚了只有短短兩三天，可是在這個時間，我聽到了許多不易聽到的東西，尤其是對英語的進步是不可以計算了。他的生活很簡單，睡得晚，起得早，不願出去玩，愛坐下清談，有時同志摩談起詩來，可以談幾個鐘頭。他還常常把他的詩篇讀給我聽，那一種音調，雖不是朗誦，可是那低聲的喃喃吟唱，更是動人，聽得你好像連自己的人都走進了他的詩裡邊去了，可以忘記一切，忘記世界上還有我。那一種情景，真使人難以忘懷，至今想起還有些兒神往，比兩個愛人喁喁情話的味兒還要好多呢！

在這幾天中，志摩跟我的全副精神都溶化在他一個人身上了。這也是我們婚後最快活的幾天。泰戈爾對待我倆像自己的兒女一樣的寵愛。有一次，他帶我們去赴一個他們同鄉人請他的晚餐，都是印度人。他介紹我們給他的鄉親們，卻說是他的兒子、媳婦，真有意思！在這點上可以看出他對志摩是多麼喜愛。說到這兒，我又想起一件事不妨提一提，就是在一九四九年，我接到一封信，是泰戈爾的孫子寫來的，他管我叫Cmtie，他在北大留學，研究中文，他說他尋了我許久，好不容易才尋到我的地方。他說他祖父已經死了，他要我給他幾本志摩的詩、散文，他們的圖書館預備拿它翻譯成印度文。可巧那時我在生重病，家裡人沒有拿這封信給我看，一直到一九五〇年我才看到這封信，再去信北大，他已經離開了，從此失去聯繫。我是非常的抱恨，以後還想設法來尋找他。從這一點也可以證明泰戈爾的家裡人都拿志摩當作他們自己人一樣的關心，朋友的感情有時可以勝過親生的骨肉，志摩這位寄父對他的愛護真比自己的父親還要深厚得多，所以在泰戈爾離開我們到美國去的時代，他們二人都是十分的傷感。在碼頭上昂著頭看到他老人家倚在甲板的欄杆上，對著我們噙著眼淚揮手的時候，我的心一陣陣直泛酸！恨不能抱著志摩痛哭一場！可是轉臉看到我邊兒上的摩，臉色更比我難看，蒼白的臉，癟著嘴，咬緊牙，含著滿腔的熱淚，不敢往下落，他也在強忍著呢！我再一哭，他更要忍不住了。離別的味兒我這才嘗到。在歸途中，志摩只是悶著頭一言不發，好幾天都沒有見著他那自然天真的笑容。過了一時，忽然接到老頭子來信，說在美國受到了侮辱，所以預備立刻回到印度去了，看他的語氣是非常之憤怒。志摩接到信，就急得坐立不安，恨不能立刻飛到他的身旁。所以在他死前不久，他又到印度去過一次，這是他們最後一次的會面。他在印度的時候大受當地人們的歡迎，報上也時常有讚揚他的文章，同他自己寫的詩歌，他還帶回來給我看的呢！他在泰戈爾的家裡住了沒有多久，因為生活不大習慣，那兒的蛇和壁虎實在太多，睡在床上它們都會爬上來的，雖然不傷人，可是這種情形也並不好受，講起來都有點兒餘悸呢！他回來後老是悶悶不樂，對老頭子的受辱的事是悲憤到極點，恨透美國人的蠻無情理、輕視詩人，跟我一談起就氣得滿臉飛紅，凸出了大眼睛亂罵。我是不大看見志摩罵人的，因為他平時對任何人都是笑容滿面一團和氣的。誰若是心裡有氣，只要看到他那天真活潑的笑臉，再加上幾句笑話，準保你的怒氣立刻就會消失。可是那一個時期他是一直沉默寡言，我知道他心裡有說不出的憤怒在煎熬著他呢！不久他遭母喪，他對他母親的愛是比家裡一切人要深厚，在喪中本來已經十二分的傷心了，再加上家庭中又起了糾紛，使他痛上加痛，每天晚上老是一聲不響的在屋子裡來回的轉圈子，氣得臉上鐵青，一陣陣的胃氣痛，這種情況至今想起還清清楚楚的在我眼前轉。封建家庭的無情、無理，真是害死人，我也不願意再細講了。總而言之，志摩在死前的一年中，他的身心是一直沉湎在不愉快的環境中，他的內心有說不出的苦，所以他本來只預備在北大教一學期書，後來卻決定在年假時我也一同搬去，預備合居了。誰知道在十一月中，在他突然飛回來的那次就遇險了。回憶！如果回憶起來，事情太多了。我雖然同他結合了沒有多少年，可是其中悲歡離合的情形倒是不少！寫幾天幾晚也寫不完！我倒是想寫，可是我不敢寫，我沒有這個毅力和勇氣，一回想起來，我這久病的殘軀和這已經受創傷的神經，更負擔不起這種打擊，平靜的心中又湧起繁雜的念頭，刺得我終夜不能闔眼。我一直想給志摩寫一個傳，這是我的願望，蜷伏在我腦子裡好久了，最近我是極力的在設法恢復我的康健，以便更好的寫點東西，然而荒了許久的筆已經生了鏽，一定要好好的磨鍊一番才能應用呢！這短短的一點只能算是記述一小段泰戈爾二次來華的小聚，以後等我精神稍覺回覆，再多寫一些往事吧。

遺文編就答君心——記《志摩全集》編排經過

我想不到在「百花齊放」的今天，會有一朵已經死了二十餘年的「死花」再度復活，從枯萎中又放出它以往的燦爛光輝，讓人們重見到那朵一直在懷念中的舊花的風姿。這不僅是我意想不到的，恐怕有許多人也想不到的，所以我拿起筆來寫這篇文章的時候，連我自己都不知自己心中是什麼味兒，又是歡欣，又是愧恨。我高興的是盼望了二十多年的事，今天居然實現了。我先要感謝共產黨！若是沒有毛澤東提出了「百花齊放、百家爭鳴」的方針，恐怕這朵被人們遺忘的異花，還是埋葬在泥土下呢！這些年來，每天纏繞在我心頭的，只是這件事。幾次重病中，我老是希望快點好——我要活，我只是希望未死前能再看到他的作品出版，可以永遠的在世界上流傳下去。這是他一生的心血、他的靈魂，絕不能讓它永遠泯滅！我懷著這個願望活著，每天在盼望它的復活。今天居然達到了我的目的，在極度歡欣與感慰下，沒有任何一個字可以代表我內心的狂歡。可是在歡欣中我還忘不了愧恨，恨我沒有能力使它早一點復活。我沒有好好的盡職，這是我心上永遠不能忘記的遺憾。

照理來說，他已經去世了整整二十六年了，他的書早就該出的了，怎會一直拖延到今天呢？說來話長。在他遇難後，我一直病倒在床上有一年多。在這個時間，昏昏沉沉，什麼也沒有想到。病好以後，趙家璧來跟我商議出版全集的事，我當然是十分高興，不過他的著作，除了已經出版的書籍，還有不少散留在各雜誌及刊物上，需要到各方面去收集。這不是簡單的事，幸而家璧幫助我收集，許多時候才算完全編好，一共是十本。當時我就與商務印書館訂了合約，一大包稿子全部交出。等到他們編排好，來信問我要不要自己校對的時候，我記得很清楚，抗戰已經快要開始了。我又是臥病在床，他們接到我的回信後，就派人來跟我接洽，我還是在病床上與他們接洽的吧！我答應病起後立刻就去館看排樣。可是沒有幾天，我在床上就聽得砲彈在我的房頂上飛來飛去。「八．一三」戰爭在上海開始了。

我那時倒不怕頭上飛過的砲彈，我只是怕志摩的全集會不會因此而停止出版。那時上海的人們都是在極度緊張的情況下，一天天的過去，我又是在床一病仨月多不能起身，我也只能乾著急，一點辦法也沒有。一直到我病好，中國軍隊已從上海撤退。再去「商務」問信，他們已經預備遷走，一切都在紛亂的狀態下，也談不到出版書的問題了。他們只是答應我，一有安定的地方是會出的。我懷著一顆沉重的心回到家裡，前途一片渺茫，志摩的全集初度投入了厄運，我的心也從此浸入了憂怨中。除了與病魔為伴，就是成天在煙雲中過著暗灰色的生活。一年年過去，從此與「商務」失去了聯繫。

好容易八年的歲月終算度過，勝利來到，我又一度的興奮，心想這回一定有希望了。我等到他們遷回時，懷著希望，跑到商務印書館去詢問，幾次的奔跑，好容易尋到一個熟人，才知道他們當時匆匆忙忙撤退的時候是先到香港，再轉重慶。在抗戰時候，忙著出版抗戰刊物，所以就沒有想到志摩的書，現在雖然遷回，可是以前的稿子，有許多連他們自己人都不知道在什麼地方。志摩的稿子，可能在香港，也可能在重慶，要查起來才能知道這一包稿子是否還存在。八九年來所盼望的只是得到這樣一個回答，我走出「商務」的門口，連方向都摸不清楚了，自己要走到什麼地方去都不知道了；我說不出當時的情緒，我不知道想什麼好！我怨誰？我恨誰？我簡直沒有法子形容我那時的心，我向誰去訴我心中的怨憤？在絕望中，我只好再存一線希望——就是希望將來還是能夠找到他的原稿，因為若是全部遺失，我是再沒有辦法來收集了，因為我家裡已經什麼也沒有了。

那時我心裡只是怕，怕他的作品從此全部遺失，可是我又有什麼辦法呢？除了多次的催問，那些辦事的人又是那樣不負責任，你推我，我推你，有時我簡直氣得要瘋，恨不得打人。最後我知道朱經農當了「商務」的經理，我就去找他，他是志摩的老朋友。總算他盡了力，不久就給我一封信，說現在已經查出來，志摩的稿子並沒有遺失，還在香港，他一定設法在短時期內去找回來。這一下我總算稍微得到一點安慰，事還是有希望的，不過這時已經是勝利後的第三年了。我三年奔走的結果，算是得到了一個確定的答覆。這時候，除了耐心的等待，只有再等待，催問也是沒有用的，所以我平心靜氣的坐在家裡老等——等——等。一月一月的過去還是沒有消息，我也不知道為什麼這樣的慢，我急在心裡;他們慢，我又能有什麼辦法？

誰知道等來等去，書的消息沒有，解放的消息倒來了。當然上海有一個時期的混亂，我這時候只有對著蒼天苦笑！用不著說了，志摩的稿子是絕對不會再存在的了，一切都絕望了！我還能去問誰？連問的門都摸不著了。

一九五〇年我又大病一場，在床上整整睡了一年多。在病中，我常常想起志摩生前為新詩創作所費的心血，為了新文藝奮鬥的努力，（他）有時一直寫到深夜，絞盡腦汁，要是得到一兩句好的新詩，就高興得像小孩子一樣的立刻拿來給我看，娓娓不倦地講給我聽，這種情形一幕幕地在我眼前飛舞，而現在他的全部精靈蓄積的稿子都不見了，恐怕從此以後，這世界不會再有他的作品出現了。想到這些，更增加我的病，我消極到沒法自解，可以說，從此變成了一個傻瓜，什麼思想也沒有了。

呆頭木腦的一直到一九五四年春天，在一片黑沉沉的雲霧裡又閃出了一縷光亮。我忽然接到北京「商務」來的一封信，說志摩全集稿子已經尋到了，因為不合時代性，所以暫時不能出版，只好跟我取消合約，稿子可以送還我。這意想不到的收穫使我高興得一句話也說不出，心裡不斷的唸著：「還是共產黨好！」「還是共產黨好！」我這一份感謝的誠意是衷心激發出來的。回想在抗戰勝利後的四年中，我奔來奔去，費了許多力也沒有得到一個答覆，而現在不費一點力，就得到了全部的稿子同版型，只有共產黨領導，事才能辦得這樣認真。我知道，只要稿子還在，慢慢的一定會有出版機會。我相信共產黨不會埋沒任何一種有代表性的文藝作品的。一定還有希望的，這一回一定不會讓我再失望的，我就再等待吧！

果然，今天我得到了詩選出版的消息！不但使我狂喜，志摩的靈魂一定更感快慰，從此他可以安心的長眠於地下了。詩集能出版，慢慢的散文、小說等，一定也可以一本本的出版了。本來嘛，像他那樣的藝術結晶品是絕不會永遠被忽視的，只有時間的遲早而已。他的詩，可以說，很早就有了一種獨特的風格，每一詩裡都含有活的靈感。他是一直在大自然裡尋找他的理想的，他的本人就是一片天真渾厚，所以他寫的時候也是拿他的理想美景放在詩裡，因此他的詩句往往有一種天然韻味。有人說他擅寫抒情詩，是的，那時他還年輕，從國外回來的時候，他是一直在尋求他理想的愛，在失敗時就寫下了許多如怨如訴的詩篇；成功時又湊了些活潑天真、滿紙愉快的新鮮句子，所以顯得有不同的情調。

說起來，志摩真是一個不大幸運的青年，自從我認識他之後，我就沒有看到他真正的快樂過多少時候。那時他不滿現實，他也是一個愛國的青年，可是看到周圍種種黑暗的情況（在他許多散文中可以看到他當時的性情），他就一切不問不聞，專心致志在愛情裡面，他想在戀愛中尋找真正的快樂。說起來也怪慘的，他所尋找了許多時候的「理想的快樂」，也只不過像曇花一現，在短短的一個時期中就消滅了。這是時代和環境所造成的，我同他遭受了同樣的命運。我們的理想快樂生活也只是在婚後實現了一個很短的時期，其間的因素，他從來不談，我也從來不說，只有我們二人互相了解，其餘是沒有人能明白的。我記得很清楚，有時他在十分煩悶的況下，常常跟我談起中外的成名詩人的遭遇。他認為詩人中間很少尋得出一個圓滿快樂的人，有的甚至於一生不得志。他平生最崇拜英國的雪萊，尤其奇怪的是他一天到晚羨慕他覆舟的死況。他說：「我希望我將來能得到他那樣剎那的解脫，讓後世人談起就寄予無限的同情與悲慣。」他的這種議論無形中給我一種對飛機的恐懼心，所以我一直不許他坐飛機，誰知道他終於還是瞞了我愉快的去坐飛機而喪失了生命。這真是一件不可思議的事。

今天的新詩壇又繁榮起來了，不由我又懷念志摩，他若是看到這種形，不知道要快活得怎樣呢！我相信他如果活到現在，一定又能創造一個新的風格來配合時代的需要，他一定又能大量的產生新作品。他的死不能不說是詩壇的大損失，這種遺憾是永遠沒法彌補的了。想起就痛心，所以在他死後我就一直沒有開心過，新詩我也不看，不看雜誌，好像在他死後有一個時期新詩的光芒也隨著他的死滅滅了許多似的。也許是我不留心外面的情形，可是，至少在我心裡，新詩好像是隨著志摩走了。一直到最近《詩刊》第一期，我才知道近年來新詩十分繁榮，我細細的一首一句的拜讀，我認識了許多新人，新的創作、新的作品。我真是太高興了！志摩生前就無時無刻不為新詩的發展努力，他每次見到人家拿了一新詩給他看，他總是喜氣氣的鼓勵人家，請求人家多寫，他恨不能每個人都跟著他寫。他還老在我耳邊煩不清楚，叫我寫詩，他說：「你做了個詩人的太太而不會寫詩多笑話。」可是我是個笨貨，老學不會。為此他還常生氣，說我有意不肯好好的學。那時我若是知道他要早死，我也一定好好的學習，到今天我也許可以變為一個女詩人了。可是現在太晚了，後悔又有什麼用呢？

談文房四寶

清明的那天，可巧隔晚來了一陣狂風暴雨。天明的時候，玻璃窗上還沙沙地聽到雪珠打轉的聲音，所以起身以後就覺得滿身寒意，一點也不像一個明媚的春天，反倒陰沉沉的，增加了不少傷感。

我本來預備到江灣去看看我父親的墳墓是否安全，動身時可巧煉霞來訪，要我給《萬象》寫點東西。久別重見，更覺歡慰，拉了她同去江灣，看到許多不容易見著的情形。我家的墳墓已是改變得連我自己也認不出哪一個是我父親安臥的地方了。樹木石碑全都不知去向，真叫我一點辦法也沒有，滿腹的怨恨也不能流露出來，只好低著頭一步步地往回走，路過一個私人的花園，煉霞和同行者下車去踏青，我自願獨自坐在車裡呆想。

在這種時期，一切都不由我，若是連自己父親的屍骨都不能保全，叫我何以為情！雖然路邊上滿開著紅花綠葉，帶著春光的嬌麗，我也沒有心神去理會它們。

煉霞等遊畢歸來，又帶著許多不知名的花草，紅的紅得像秋天的楓葉一般，大大小小，塞滿了一車子的花，連人坐的地方都讓了花。說說笑笑，倒拿我的愁懷減去了一半，還算不虛此行。回家後，就想預備寫一點東西，可是想來想去，實在寫不出什麼。可巧錢君瘦鐵那天在美國柏林夫人茶宴談話座上，說了一段文房四寶的來源，倒覺得很有趣味。同時，煉霞又叫我寫一點關於美術文藝的東西，既有了現成的資料，我就借它來轉述一下，同時我自己也作一些補充。

我們中國的文藝記載，大約比哪一國都早，在上古時代還沒筆墨紙硯的時候，就已經想出用繩子來打成結，代表每一個字。到了殷商的時候就更進一步，拿刀刻字在甲骨上，或者將字刻在骨片上面，再連串成冊，做成像書籍一般，也可以像現在的書似的誦讀。一直到東漢的時候，蔡倫想出法子，拿樹皮、破布及漁網，搗之成糊，再做成薄片，放在日光下晒乾，這就開始有了紙。

至於墨的創造，也不知始於何人？最初是用漆寫在竹簡或木片上。到了魏晉的時候，才拿黍燒煙，加點鬆煤，做成糊，像墨汁似的。一直到唐朝初年，有高麗人貢來松煙墨，才學著做成錠狀。唐初名畫家吳道子，畫過一幅〈送子圖〉，圖中有一仙女，坐於天帝之後，作磨墨之狀，足見那時已有錠墨在普遍應用了。

到了宋朝熙寧年間，有一個張遇，拿油煙入麝，製成墨供給御用，就叫龍劑，那是有名的製墨家。此外，南唐有李廷珪，明有程君房、方於魯等。直到現在，我們偶然買到一錠程君房的「玄玉」墨，沒有不喜歡比拾到一塊金子還高興的吧，因為畫起來它的墨色要比現在的新墨黑得多，所以畫家沒有一個不愛收藏古墨的。

《紅樓夢》的作者曹雪芹之祖曹寅，在清初是一位墨的著名監製人，他監製的墨名為「蘭臺菁英」，我家曾有舊藏者一笏，背面上端有「康熙乙亥」字樣，填金色。下分兩行，是「織造臣曹寅監製」七字，填藍色，俱做楷書陰識。我在童年時見過此墨，當時據家父見告：此墨是曹寅任江寧織造之時，委託程正路製以進貢的。清初製墨，年代不算太古老，但已珍若拱璧，輕易不肯示人。

可是對於筆就兩樣！新的要比舊的好用得多。大約古時人對於筆沒有十分研究，也許毛類的東西不能持久的緣故。最初的時候用刀、竹干或木桿來代筆，一直到秦時蒙恬大將軍才發明用木為管，鹿毛為柱，羊毛為被，製成筆形，一直流傳到如今。

四樣之中，我看硯石用途最次，發明也一定在筆墨之後。沒有筆，根本用不著硯。漢代之前好像用的硯是凸底的，因為沒有錠墨可研，不過拿筆蘸著墨汁，在凸面上調和而後才寫字，大都用的是滑石。近日有人在杜陵掘得一硯，是洮湖石所製，還有款白，是漢宣帝所用，這可以證明硯石是始於漢代了。

製硯的能手中有一位女性，不可不記：她就是明末清初的著名琢硯工人顧道人之媳，顧聖人的妻子顧二娘。做過一任廣東肇慶府四會縣知縣的黃莘田，曾請顧二娘琢了一批端溪石硯，手工非常精巧，黃乃作詩謝之曰：「一寸干將切紫泥，專諸門巷日初西。如何軋軋鳴機手，割遍端州十里溪。」黃莘田的一位詩友陳兆齋，看到了顧二娘所琢的端溪石硯後十分驚嘆，也寫了一首詩讚美她，句曰：「淡淡梨花黯黯香，房名誰遣勒詞場？明珠七字端溪吏，樂府千秋顧二娘。」從此詩看來，黃莘田似乎還曾為她寫過傳奇劇，所以才用得上「樂府」二字，惜已無從稽考，只知其後顧二娘病故，黃又作詩悼之曰：「古款遺凹積墨香，纖纖女子切干將。誰傾幾滴梨花雨，一灑泉臺顧二娘。」

琢硯人物中有這樣一位女性，也算是我們婦女界的光榮。

悲哀隨著日子融化——《愛眉小札》序一

振宇連跑了幾次，逼我抄出志摩的日記。我一天天的懶，其實不是懶，是怕！真怕極了。兩年來所有他的東西我一共鎖起，放在看不見的地方，總也沒有勇氣敢去拿出來看，幾次三番想理出他的信同日記去付印，可是沒有看到幾頁就看不下去了。因為我老是想等著悲哀也許能隨著日子一天天的融化的，誰知事實同理想簡直不能混合的。這一次我發恨的抄，三千字還抄了三天，病了一天，今天我才知道，等日子是沒有用的。不看，也許腦子的印象可以糊塗一點，自己還可拿種種的假來騙自己。可是等到看見了他那像活的似的字，一個個跳出來，他的影子也好像隨著字在我眼前來回的轉似的，到這時候，再騙也騙不住了，自己也再止不住自己的傷感了，精神上又受不住，到結果非生病不可。所以我兩年來不但不敢看他的東西，連說話也不敢說到他，每次想到他，自己急忙想法子丟開，不是看書就是畫，成天只是麻木了心過日子，什麼也不想，什麼也不管。

這本日記是我們最初認識時候寫的，那時我們大家各寫一本，換著看的。在初戀的時候，人的思想、動作，都是不可思議的。他的尤其是熱烈，有許多好的文字，同他平時寫的東西完全不同，我本不想發表的，因為他是單獨寫給我一個人的，其中大半都是溫柔細語，不可公開的。不過這樣流利美豔的東西，一定要大家共同欣賞，才不負它的美。所以我不敢私心，不敢獨受，非得寫出來跟大家同看不可，況且從前他自己也曾說過：「將來等你我大家老了，拿兩本都去印出來送給朋友們看，也好讓大家知道我們從前是怎樣的相愛。等到頭髮白了再拿出來看，一定是很有趣的。」他既然有過意思要發表，我現在更應該遵他的遺命，先抄出一部分，慢慢的等我理出了全部的再付印成一本書，讓愛好的朋友們都可以留一個紀念。

真情轉換了我的生活方向——《愛眉小札》序二

今天是志摩四十歲的紀念日子，雖然什麼朋友親戚都不見一個，但是我們兩個人合寫的日記卻已送了最後的校樣來了。為了紀念這部日記的出版，我想趁今天寫一篇序文，因為把我們兩個人嘔血寫成的日記在這個日子出版，也許是比一切世俗的儀式要有價值、有意義得多。

提起這兩部日記，就不由得想起當時摩對我說的幾句話，他叫我「不要輕看了這兩本小小的書，其中哪一字、哪一句不是從我們熱血裡流出來的？將來我們年紀老了，可以把它放在一起發表，你不要怕羞，這種愛的吐露是人生不易輕得的」。為了尊重他生前的意見，終於在他去世後五年的今天，大膽的將它印在白紙上了，要不是他生前說過這種話，為了要消滅我自己的痛苦，我也許會永遠不讓它出版的。其實關於這本日記也有些天意在裡邊。說也奇怪，這兩本日記本來是隨時隨刻他都帶在身邊的，每次出門，都是先把它們放在小提包裡帶了走，唯有這一次他匆促間把它忘掉了。看起來不該消滅的東西是永遠不會消滅的，冥冥中也自有人在支配著。

關於我和他認識的經過，我覺得有在這裡簡單述說的必要，因為一則可以幫助讀者在這兩部日記和十數封通信之中，獲得一些故事上的連續性；二則也可以解除外界對我們倆結合之前和結合之後的種種誤會。

在我們初次見面的時候（說來也十年多了），我是早已奉了「父母之命，媒妁之言」同別人結婚了，雖然當時也痴長了十幾歲的年齡，可是性靈的迷糊竟和稚童一般。婚後一年多才稍懂人事，明白兩性的結合不是可以隨便聽憑別人安排的，在性與思想上不能相謀而勉強結合是人世間最痛苦的一件事。當時因為家庭間不能得著安慰，我就改變了常態，埋沒了自己的意志，葬身在熱鬧生活中去忘記我內心的痛苦。又因為我嬌慢的天性不允許我吐露真情，於是直著脖子在人面前唱戲似的唱著，絕對不肯讓一個人知道我是一個失意者，是一個不快樂的人。這樣的生活一直到無意間認識了志摩，叫他那雙放射神輝的眼睛照徹了我內心的肺腑，認明了我的隱痛，更用真摯的感情勸我不要再在騙人欺己中偷活，不要自己毀滅前程，他那種傾心相向的真情，才使我的生活轉換了方向，而同時也就跌入了戀愛了。於是煩惱與痛苦，也跟著一起來。

為了家庭和社會都不諒解我和志摩的愛，經過幾度的商酌，便決定讓摩離開我到歐洲去作一個短時間的旅行；希望在這分離的期間，能從此忘卻我——把這一段姻緣暫時的告一個段落。這一種辦法，當然是不得已的，所以我們雖然大家分別時講好不通音信，終於我們都沒有實行（他到歐洲去後寄來的信，一部分收在這部書裡）。他臨去時又要求我寫一本當信寫的日記，讓他回國後看看我生活和思想的經過情形，我送了他上車後回到家裡，我就遵命的開始寫作了。這幾個月裡的離是痛在心頭、恨在腦底的。究竟血肉之體敵不過日夜的摧殘，所以不久我就病倒了。在我的日記的最後幾天裡，我是自認失敗了，預備跟著命運去漂流，隨著別人去支配；可是一到他回來，他偉大的人格又把我逃避的計劃全部打破。於是我們發現「幸福還不是不可能的」。可是那時的環境，還不容許我們隨便的談話，所以摩就開始寫他的「愛眉小札」，每天寫好了就當信般的拿給我看，但是沒有幾天，為了母親的關係，我又不得不到南方來了。在上海的幾天我也碰到過摩幾次，可惜連一次暢談的機會都沒有。這時期摩的苦悶是在意料之中的，讀者看到「愛眉小札」的末幾頁，也要和他同感吧！

我在上海住了不久，我的計劃居然在一個很好的機會中完全實現，我離了婚就到北京來尋摩，但是一時竟找不到他。直到有一天在《晨報》副刊上看到他發表的《迎上前去》的文章，我才知道他做事的地方。而這篇文章中的憂鬱悲憤，更使我看了迫不及待的去找他，要告訴他我恢復自由的好消息。那時他才明白了我，我也明白了他，我們不禁相視而笑了。

以後日子中我們的快樂就別提了，我們從此走入了天國，踏進了樂園。一年後在北京結婚，一同回到家鄉，度了幾個月神仙般的生活。過了不久因為兵災搬到上海來，在上海受了幾(個)月的煎熬我就染上一身病，後來的幾年中就無日不同藥爐做伴，連摩也得不著半點的安慰，至今想來我是最對他不起的。好容易經過各種的醫治，我才有了復原的希望，正預備全家再搬回北平重新造起一座樂園時，他就不幸出了意外的遭劫，乘著清風飛到雲霧裡去了。這一下完了他——也完了我。

寫到這兒，我不覺要向上天質問為什麼我這一生是應該受這樣的處罰的？是我犯了罪嗎？何以老天只薄我一個人呢？我們既然在那樣困苦中爭鬥了出來，又為什麼半途裡轉入了這樣悲慘的結果呢？生離死別，幸喜我都嘗著了。在日記中我嘗過了生離的況味，那時我就疑惑死別不知更苦不？好！現在算是完備了。甜、酸、苦、辣，我都嘗全了，也可算不枉這一世了。到如今我還有什麼可留戀的呢？不死還等什麼？這話是現在常在我心頭轉的。不過有時我偏不信，我不信一死就能解除一切，我倒要等著再看老天還有什麼更慘的事來加罰在我的身上！

完了，完了，一切都完了，現在還說什麼？還想什麼？要是事轉了方面，我變他，他變了我，那時也許讀者能多讀得些好的文章，多看到幾首美麗的詩，我相信他的筆一定能寫得比他心裡所受的更沉痛些。只可惜現在偏留下了我，雖然手裡一樣拿著一支筆，它卻再也寫不出我迴腸裡是怎樣的慘痛，心坎裡是怎樣的碎裂。空拿著它落淚，也急不出半分的話來。只覺得心裡隱隱的生痛，手裡陣陣的發顫。反正我現在所受的，只有我自己知道就是了。

最後幾句話我要說的，就是要請讀者原諒我那一本不成器的日記，實在是難以同摩放在一起出版的（因為我寫的時候是絕對不預備出版的）。可是因為遵守他的遺志起見，也不能再顧到我的出醜了。好在人人知道我是不會寫文章的，所留下的那幾個字，也無非是我一時的感想而已，想著什麼就寫什麼，大半都是事實，就這一點也許還可以換得一點原諒，不然我簡直要羞死了。

願這朵異花永遠開下去——《徐志摩詩選》序

寫詩真不是一件簡單的事情，又要環境的吻合，本身的思想同藝術水平，並不是隨時隨地的就能產生出來的。志摩寫詩最多的時候，是在他初次留學回來，那時我同他還不相識，最初他是因為舊式婚姻的不滿意，而環境又不允許他尋他理想的戀愛，在這個時期他是滿腹的牢騷，百感雜生，每天徬徨在空虛中，所以在百無聊賴、無以自慰的情況下，他就拿一切的理想同愁怨都寄託在詩裡面，因此寫下不少好的詩。後來居然尋到了理想的對象，而又不能實現，在絕度失望下又產生了多種不同風格的詩，難怪古人說「窮而後工」，我想這個「窮」不一定是指著生活的貧窮，精神上的不快樂也就是腦子裡的「窮」——這個「窮」會使得你思想不快樂，這種內心的苦悶，不能見人就訴說，只好拿筆來發洩自己心眼兒裡所想說的話，這時就會有想不到的好句子寫出來的。在我們沒有結婚的時候，他也寫了不少散文同詩歌，那幾年中他的精神也受到了不少的波折。倒是在我們婚後他比較寫得少。在新婚的半年中我是住在他的家鄉，這時候可以算得是達到我們的理想生活，可是說來可笑，反而連一句也寫不出來了！這是為什麼呢？可見得太理想、太快樂的環境，對工作上也是不大合適的。我們那時從早到晚影形相隨，一刻也難離開，不是攜手漫遊在東西兩山上，就是陪著他的父母歡笑膝下，談談家常。有時在晚飯後回到房裡，本來是肯定要他在書桌、燈下寫東西，我在邊上看看書陪著他的，可是寫不到兩三句，就又打破這靜悄悄的環境，開始說笑了，也不知道哪裡來的那許多說不盡、講不完的話。就是這樣一天天的飛過去，不到三個月就出了變化，他的家庭中，產生了意想不到的糾紛，同時江浙又起戰爭，不到兩個月我們就只好離開家鄉逃到舉目無親的上海來，從此我們的命運又浸入了顛簸，不如意事一再的加到我們身上，環境造成他不能安心的寫東西，所以這個時候是一直沒有什麼突出的東西寫出來。一直到他死的那年，比較好些，我們正預備再回到北京，創造一個理想的家庭時，他整個兒的送到半空中去，永遠雲遊在虛無縹緲中了。

今天詩集能夠出版，真使我百感俱生，不知寫了哪一樣好，隨筆亂塗，想著什麼，就寫什麼，總算從今以後，三十六年前膾炙人口的新詩人所放的一朵異花又可以永遠的開下去了。

站在人群裡想你——《志摩日記》序

飛一般的日子又帶走了整整的十個年頭兒，志摩也變了五十歲的人了。若是他還在的話，我敢說十年絕老不了他——他還是會一樣的孩子氣，一樣的天真，就是樣子也不會變。可是在我們，這十年中所經歷的，實在是混亂慘酷得使人難以忘懷，一切都變得太兩樣了，活的受到苦難損失，卻不去說它，連死的都連帶著遭到了不幸。《志摩全集》的出版計劃，也因此擱到今天還不見影蹤。

十年前當我同家璧一起在收集他的文稿準備編印「全集」時，有一次我在夢中好像見到他，他便叫我不要太高興，「全集」絕不是像你想像般容易出版的，不等九年十年絕不會實現。我醒後，真不信他的話，我屈指算來，「全集」一定會在幾個月內出書，誰知後來固然受到了意想不到的打擊。一年一年的過去，到今年整整的十年了，他倒五十了，「全集」還是沒有影兒，叫我說什麼？怪誰，怨誰？

「全集」既沒有出版，唯一的那本《愛眉小札》也因為「良友」的停業而絕了版，志摩的書在市上簡直無法見到，我怕再過幾年人們快將他忘掉了。這次晨光出版公司成立，願意出版志摩的著作，於是我把已自「良友」按約收回的《愛眉小札》的版權和紙型交給他們，另外拿了志摩的兩本未發表的日記和朋友們寫給他的一本紀念冊，一起編成這部《志摩日記》，雖然內容很瑣碎，但是當作紀念志摩五十誕辰而出版這本集子，也至少能讓人們的腦子裡再湧起他的一個影子罷！（《愛眉小札》是紀念他的四十誕辰而版的。）

這本日記的排列次序是以時間為先後的。《西湖記》最早，那時恐怕我還沒有認識他；《愛眉小札》是寫我們兩個人間未結婚前的一段故事；《眉軒瑣語》是他在我們婚後拉筆亂寫的，也可以算是雜記，這一類東西，當時寫得很多，可是隨寫隨丟，遺失了不知多少，今天想起，後悔莫及。其他日記倒還有幾本，可惜不在我處，別人不肯拿出來，我也沒有辦法，不然倒可以比這幾本精彩得多。「一本沒有顏色的書」是他的一本紀念冊，是許多朋友寫給他和我的許多詩文圖書，他一直認為最寶貴，最歡喜的幾頁，尤其是泰戈爾來申時住在我家寫的那兩頁，也製版放在一起湊一個熱鬧。我的一本原本放在《愛眉小札》後面的日記，這次還是放在最後，作個附錄。

此後，我要把他兩次出國時寫給我的信，好好整理一下，把英文的譯成中文，編成一部小說式的書信集，大約不久可以出版。其他小說、散文、詩等等，我也將為他整理編輯，一本一本的給他出版，我覺得我不能再遲延、再等待了。志摩文字的那種風格、情調和他的詩，我這十幾年來沒有看見有人接續下去，尤其是新詩，好像從他走了以後，一直沒有生氣似的，以前寫的已不常寫，後來的也不多見了，我擔心著，他的一路寫作從此就完了麼？

我決心要把志摩的書印出來，讓更多的人記住他，認識他，這本「日記」的出版是我工作的開始。我的健康今年也是一個轉變年，從此我不是一個半死半活的人，我已經脫離了二十多年來鎖著我的鐵鏈，我不再是個無盡無期的俘虜，以後我可以不必終年陪伴藥爐，可以有精力做一點事情。我預備慢慢的拿志摩的東西出齊了，然後寫一本我們兩人的傳記。只要我能夠完成上述的志願，那我一切都滿意了。

忘卻人間煙火氣——《雲遊》序

我真是說不出的悔恨為什麼我以前老是懶得寫東西。志摩不知逼我幾次，要我同他寫一點序，有兩回他將筆墨都預備好，只叫隨便塗幾個字，可是我老是寫不到幾行，不是頭暈即是心跳，只好對著他發愣，抬頭望著他的嘴盼他吐出聖旨來我即可以立時的停筆。那時間他也只得笑著對我說：「好了，好了，太太我真拿你沒有辦法，去耽著吧！回頭又要頭痛了。」走過來擲去了我的筆，扶了我就此耽下了，再也不想接續下去。我只能默默的無以相對，他也只得對我吁笑，幾次的張羅結果終成泡影。

又誰能夠料到今天在你去後我才真的認真的算動筆寫東西，回憶與追悔將我的思潮模糊得無從捉摸。說也慘，這頭一次的序竟成了最後的一篇，哪得叫我不一陣心酸，難道說這也是上帝早已安排定了的嗎？

不要說是寫序我不知道應該如何落筆，壓根兒我就不會寫東西，雖然志摩說我的看東西的決斷比誰都強，可是輪到自己動筆就抓瞎了。這也怪平時太懶的原故。志摩的東西說也慚愧多半沒有讀過，這一件事有時使得他很生氣的。也有時偶爾看一兩篇，可從來也未曾誇過他半句，不管我心裡是多麼的嘆服，多麼讚美我的摩。有時他若自讀自讚的，我還要罵他臭美呢。說也奇怪要是我不喜歡的東西，只要說一句「這篇不大好」他就不肯發表。有時我問他你怪不怪我老是這樣苛刻的批評你，他總說：「我非但不怪你，還愛你能時常的鞭策，我不要容我有半點的『臭美』，因為只有你肯說實話，別人老是一味恭維。」話雖如此，可是有時他也怪我為什麼老是好像不希罕他寫的東西似的。

其實我也同別人一樣的崇拜他，不是等他過後我才誇他，說實話他寫的東西是比一般人來得俏皮。他的詩有幾首真是寫得像活的一樣，有的字用得別提多美呢！有些神仙似的句子看了真叫人神往，叫人忘卻人間有煙火氣。它的體格真是高超，我真服他從什麼地方想出來的。詩是沒有話說不用我贊，自有公論。散文也是一樣流利，有時想學也是學不來的。但是他缺少寫小說的天才，每次他老是不滿意，我看了也是覺得少了點什麼似的，也不知道是什麼道理，我這一點淺薄的學識便說不出所以然來。

洵美叫我寫摩的《雲遊》的序，我還不知道他這《雲遊》是幾時寫的呢！雲遊？可不是，他真的雲遊去了，這一本怕是他最後的詩集了，家裡零碎的當然還有，可是不知夠一本不。這些日因為成天的記憶他，只得不離手的看他的信同書，愈好當然愈是傷感，可嘆奇才遭天妒，從此我再也見不著他的可愛的詩句了。

當初他寫東西的時候，常常喜歡我在書桌邊上搗亂，他說有時在逗笑的時間往往有絕妙的詩意不知不覺的駕臨的，他的《巴黎的鱗爪》《自剖》都是在我的又小又亂的書桌上出產的。書房書桌我也不知給他預備過多少次，當然比我的又清又潔，可是他始終不肯獨自靜靜的去寫的。人家寫東西，我知道是大半喜歡在人靜更深時動筆的，他可不然，最喜歡在人多的地方，尤其是離不了我。我是一個極懶散的人，最不知道怎樣收拾東西，我書桌上是亂的連手都幾乎放不下的，當然他寫完的東西我是輕意也不會想著給收拾好，所以他隔夜寫的詩常常次晨就不見了，嘟著嘴只好怨我幾聲。現在想來真是難過，因為詩意偶然得來的是不輕易來的，我不知毀了他多少首美的小詩，早知他要離開我這樣的匆促，我賭咒也不那樣的大意的。真可恨，為什麼人們不能知道將來的一切。

我寫了半天也不知道胡謅了些什麼，頭早已暈了，手也發抖了，心也痛了，可是沒有人來擲我的筆了。四周只是寂靜，房中只聞滴答的鐘聲，再沒有志摩的「好了，好了」的聲音了。寫到此地不由我陣陣的心酸，人生的變態真叫人難以捉摸，一霎眼，一皺眉，一切都可以大翻身。我再也想不到我生命道上還有這一幕悲慘的劇。人生太奇怪了。

我現在居然還有同志摩寫一篇序的機會，這是我早答應過他而始終沒有實行的，將來我若出什麼書是再也得不著他半個字了，雖然他也早已答應過我的。看起來還是他比我運氣，我從此只成單獨的了。

我再也寫不下去了，沒有人叫我停，我也只得自己停了。我眼前只是一陣陣的模糊，傷心的血淚充滿著我的眼眶，再也分不清白紙黑墨。志摩的幽魂不知到底有一些回憶能力不？我若擱筆還不見持我的手！

三、有你在，便心安

你再不用想我說話，
我的心早沉在海水底下，
你再不用向我叫喚：
因為我——我再不能回答！
除非你——除非你也來在
這珊瑚骨環繞的又一世界，
等海風定時的一刻清靜，
你我來交互你我的幽嘆。

——徐志摩《翡冷翠的一夜》

皇家飯店

婉貞坐在床邊上，眼看床上睡著發燒的二寶發愣：小臉燒得像紅蘋果似的，閉著眼喘氣，痰的聲音直在喉管裡轉，好像要吐又吐不出的樣子。這情形分明是睡夢中還在痛苦。婉貞急得手足無措，心裡不知道想些什麼好，因為要想的實在太多了。

婉貞是一個受過高等教育的女孩子，只是一畢業出校，就同一個同學叫張立生的結了婚。婚後一年生了一個女孩子，等二寶在腹內的時候，中日就開了戰。立生因為不能丟開她們跟著機關往內地去，所以只好留在上海。可是從此他們的生活就不安靜起來了。二寶出世，他已經忍辱到偽機關做了一個小職員而維持家庭生活。一家五口人單靠薪水的收入，當然是非常困難的，於是婉貞也只好親自操作。一天忙到晚，忙著兩個孩子的吃穿、瑣事。立生的母親幫她燒好兩頓飯，所以苦雖苦，一家子倒也很和順的過著日子。

今年二寶已經三歲了，可是自從斷奶以後，就一直鬧病，冬天生了幾個月的寒熱症，才好不久又害肺炎。為了這孩子，他們借了許多債。最近已經是處於絕境了，立生每天看著孩子咳得氣喘汗流的，心裡比刀子割著還難受。薪水早支過了頭，眼瞧孩子非得打針不可，西醫貴得怕人，針藥還不容易買，所以婉貞決定自己再出去做點工作，貼補貼補。無奈，託人尋事也尋不著。前天她忽然看見報上登著皇家飯店招請女職員的廣告，便很高興。可是夫妻商量了一夜，立生覺得去做這一類的工作似乎太失身分。婉貞是堅決要去試一下，求人不如求己，為了生活，怕什麼親友的批評！於是她就立刻拿了報去應試。

皇家飯店是一個最貴族化的族館，附有跳舞廳，去的外賓特別多，中國人只是些顯宦富商而已。舞廳的女子休憩室內需要一位精通英語、專管室內售賣化妝品與飾物的女職員。

婉貞去應試的結果，因為學識很好，經理非常看重她，叫她第二天就去做事。可是昨天婉貞第一晚去工作之後，實在感到這一類事是不適合她的個性的，她所接觸的那些女人們都是她平生沒有見過的。在短短的幾個鐘頭以內，她好像走進了另一個世界，等到夜裡十二點敲過，她回到家裡，已經精神恍惚，心亂得連話都講不出來了。立生看到她那樣子，便勸她不要再去了，婉貞也感到夜生活的不便，有些猶豫。可是今天看見二寶的病仍不見好，西醫昨天開的藥方，又沒有辦法去買，孩子燒得兩頰飛紅，連氣都難透的樣子，她實在不忍坐視孩子受罪而不救。她一個人坐在床前呆想：

今晚上如果繼續去工作，她就可以向經理先生先借一點薪水回來，如果不去，那不是一點希望都沒有了嗎？所以她一邊向著孩子看，一邊悄悄的下了決心。看看手上的錶已經快七點了，窗外漸漸黑暗，她站起來摸一摸孩子頭上的溫度，熱得連手都放不上。她心裡一陣酸，幾乎連眼淚都流下來，皺一皺眉，搖一搖頭，立起身來就走到梳妝臺邊，拿起木梳將頭隨便梳了兩下，轉身在衣架上拿起一件半舊的短大衣往身上一披，向走向裡房的婆婆說：

「媽，你們吃飯別等我，我現在決定去做事了，等我借了薪水回來，明兒一天亮就去替二寶買藥！回頭立生您同他說一聲吧！」

婉貞沒有等到媽的回答就往外跑。走出門口跳上一部黃包車，價錢也顧不得講，就叫他趕快拉到大馬路皇家飯店。在車上，她心裡一陣難過，眼淚直往外冒！她壓抑不住一時的情感！她也說不清心裡是如何的酸，她已經自己不知道有自己，眼前晃的只是二寶的小臉兒，燒得像蘋果似的紅，閉著眼，軟弱地呼吸，這充分表示著孩子已經有點支持不了的樣子！因此，她不顧一切，找錢去治好二寶的病，她對什麼工作都願去做。至於昨晚夫妻間所講的話，她完全不在心裡，現在她只怕去晚了，經理先生會生氣，不要她做事了，所以她催著車伕說：

「快一點好不好，我有要緊的事呢！」

「您瞧前面不是到了嗎？您還急什麼！」車伕也有點奇怪，他想這位太太大約不認識路，或是不認識字，眼前就是「皇家飯店」的霓紅燈在那裡燦爛的發著光彩呢！

婉貞跳下車子，三步並作兩步的往裡跑，現在她想起昨晚臨走時，經理曾特別叫她明天要早來，因為禮拜六是他們生意最好的一天，每次都是很早就客滿的。她想起這話，怕要受經理的責備，急得心跳！果然，走進二門就看見經理先生已經在那裡指手畫腳的亂罵人了，看見她走進來，就迎上前去急急的說：

「快點，王小姐！你今天怎麼倒比昨天晚呢！客人已經來了不少，小紅她已經問過你兩次了，快些上去吧！」

經理的話還沒有說完，婉貞已經上了樓梯，等她走進休息室，小紅老遠就叫起來了：

「王小姐，您可來了，經理正著急哩，叫我們預備好！我們等你把粉、口紅都拿出來，我們才好去擺起來呢，你為什麼這麼晚呢？」

婉貞也沒有空去回答小紅的話，急忙走到玻璃櫃前開了玻璃門，拿出一切應用的東西，交給小紅同小蘭，叫她們每一個梳妝臺前的盒子內都放一點粉，同時再教導她們等一忽兒客人來的時候應該怎樣的接待她們。

小紅與小蘭也都是初中畢業的學生，英語也可以說幾句，因為打仗，生活困難，家裡沒有人，只好棄學出外做事。婉貞雖然只是昨晚才認識她們，可是非常喜歡她們的天真活潑。尤其是小紅，生得又秀麗又聰明，說一口北京話。昨晚上一見面就追隨著婉貞的左右，婉貞答應以後拿她當妹妹似的教導。所以婉貞今天給了她東西之後，看見她接著高高興興走去的背影，暗暗的低頭微笑，心裡感到一陣莫名的欣慰，連自己的煩惱都一時忘記了。婉貞將她自己應做的事也略加整理，才安閒的坐到椅子上，深深的吐了一口氣，對屋子的周圍看了一眼，幾臺梳妝臺的玻璃鏡子照耀在屋子裡淡黃的粉牆上，放出一種雅潔的光彩，顯得更是堂皇富麗。這時靜悄悄的一點聲音也沒有，除了內室小紅與小蘭的互相嬉笑外，空氣顯得很悶。於是婉貞又想起來她的病著的二寶了。她現在腦子裡只希望早點有客人來，快點讓這長夜過去，她好問經理借了薪水去買藥，別的事都不在心上了，她想這個時候立生一定已經回家了，他會當心二寶的。

她記得昨夜剛坐在這把椅子上時，她感到興奮，她感到新奇，她眼前所見所聞的都是她以前所沒有經歷過的，所以她像劉姥姥進了大觀園似的，一切都感興趣。她簡直有一點開始喜歡她的職業了，這種龐大美麗的屋子，當然比家裡那黑沉沉毫無光線的小屋子舒服得多，可是後來當她踏上黃包車回家的時候，情緒又不同了，她覺得這次她所體驗的，卻是她偶然在小說裡看到而認為絕不會有的事實，甚至她連想也想不到的。所以使得她帶著一顆惶惑、沉重的心，回到家裡，及至同立生一講，來回的細細商酌一下，認為這樣幹下去太危險了，才決定第二天不再來履行職務了。誰知道今天她又會來坐到這張椅子上。現在她一想到這些，就使她有些坐立不安！

這時候門外一陣嬉笑的聲音，接著四五個女人推開了門，連說帶笑的闖了進來，亂嘈嘈的都往裡間走。只有一個瘦長的少婦還沒有走進去，就改了主意，一個人先向外屋的四周看了一眼，向婉貞靜靜的看了一會兒；然後慢步走向梳妝臺，在鏡子面前一站，看著鏡子裡自己那豐滿的面龐同不瘦不胖的身段，做了一個高傲的微笑；再向前一步，拿起木梳輕輕的將面前幾根亂髮往上梳了一梳；再左顧右盼的端詳一會兒，低頭開了皮包拿出唇膏再加上幾分顏色，同時口裡悠悠然的輕輕哼著「起解」的一段快板，好像身邊一個人也沒有似的。這時候裡間又走出來一位穿了紫紅色長袍的女人，年紀要比這位少婦大五六歲的樣子，一望而知是一位富於社會經驗的女子，沒有開口就先笑的神情，曾使得每個人都對她發生好感。她是那麼和藹可親，潔白的皮膚更顯得嬌嫩。她一見這位少婦在那兒哼皮黃，就立刻帶著笑容走到她的身邊，很親熱的站在她背後，將手往她肩上一抱，看著鏡子裡的臉龐說：

「可了不得！已經夠美的了，還要添顏色做什麼，你沒有見喬奇吃飯的時候兩個眼睛都直了嗎？連朱先生給他斟酒他都沒有看見。你再化妝他就迷死了！快給我省省吧！」「你看你這一大串，再說不完了。什麼事到了你嘴裡，就沒有個好聽的。你倒不說你自己洗一個臉要洗一兩個鐘頭，穿一件衣服不知道要左看右看的看多久！我現在這兒想一件事！你不要亂鬧，我們談一點正經好不好？」

「你有什麼正經呀！左不是又想學什麼戲，做什麼行頭，等什麼時候好出風頭罷咧！」那胖女人說著就站了起來走到鏡子面前，拿著畫眉筆開始畫自己的眉毛。

「你先放下，等一會兒再畫，我跟你商量一件事。」那瘦的一個拉了她的手叫她放下。

那胖的見瘦的緊張的樣子，好像真有什麼要緊的事，就不由的放下筆隨著她坐到椅子上低聲的問：

「到底什麼事？」

「就是林彩霞——你看她近來對我有點兩樣，你覺得不？你看這幾次我們去約她的時候，她老是推三推四的不像以前似的跟著就走。還有玩兒的時候她也是一會兒要走要走的，教戲也不肯好好兒的教了，一段蘇三的快板教了許久了！這種種的事，都是表現勉強得很，絕對不是前些日子那麼熱心。」

那胖女人一邊兒聽著瘦的說話，一邊兒臉上收斂了笑容，一聲也不響的沉默了幾分鐘才抬起頭來低聲回答說：

「對了，你不說我倒也糊里糊塗，你說起來我也感覺到種種的改變，剛才吃飯時候我聽她說什麼一個張太太——見面一共只有三次，就送她一堂湘繡的椅披，又說什麼李先生最近送她一副點翠的頭面。我聽了就覺得不痛快——好像我們送她的都不值得一提似的，你看多氣人！」

「可不是？戲子就是這樣沒有情義，所以我要同你商量一下，等一會兒她們出來了又不好說。從今以後我們也不要同她太親熱，隨便她愛來不來，你有機會同李太太說一聲，叫她也不要太痴了，留著咱們還可以玩點兒別的呢！別淨往水裡擲了，你懂不懂？」

她們二人正在商量的時候，裡間走出來了三個她們的同伴，一個年紀大一點的，最端莊，氣派很大，好像是個貴族太太之流，雖然年紀四十出外，可是穿得相當的漂亮，若不是她眼角上已經起了波浪似的皺紋，遠遠一看還真看不出來她的歲數呢！還有一個是北方女子的打扮，硬學上海的時髦，所以叫人一看就可以看出來不是唱大鼓就是唱戲的，走起路來還帶幾分臺步勁兒呢！還有一位不過三十歲左右，比較沉著，單看走路就可以表現出她整個兒的個性——是那樣的傲慢、幽靜。等到那年紀大的走到化妝鏡臺邊的時候，她還呆呆的在觀看著牆上掛的一幅四洋風景畫。

「你看你們這兩個孩子！一碰頭就說不完，哪兒來的這麼多的話兒呢！背人沒有好話，一定又是在嘰咕我呢，是不是？」那貴婦人拉著瘦婦人的手，對著胖女人一半兒尋開心一半兒正經的說。

這時候那兩個女人就拉著貴婦人在她耳邊不知說些什麼。那位林彩霞在一出房門的時候，就先注意到婉貞面前的那個長玻璃櫃，因為櫃子裡面的小電燈照耀著放在玻璃上的金的、銀的、紅的、綠的種種顏色，更顯得美麗奪目，她的心神立刻被吸引住了，也顧不得同她們講話就一個走過來了。先向婉貞看了半天，像十分驚奇的樣子，因為她是初次走進這樣大規模的飯店。在休息室內還出賣一切裝飾品，這是她沒見過的，她不知道對婉貞應該採用什麼態度說話，只有瞪著櫃子裡的東西，欲問又不敢問。婉貞向她微微一笑說：

「要用什麼請隨便看吧！」

林彩霞聽著婉貞說了話，使她更不知道怎樣回答才好，只得回過頭去叫救兵了。

「李太太，您快來，這個皮包多好看呀！還有那個金別針！」

林彩霞一邊叫一邊用手招呼另外兩個女人。李太太倒真聽話，立刻一個人先走過來，很高興的請婉貞把她要的東西拿出來看。婉貞便把她們所要看的東西，都拿了出來放在玻璃上，將櫃檯上的小電燈也開了，照得一切東西更金碧輝煌。林彩霞看得出了神，恨不得都拿著放到自己的小皮包裡，可是自己估計沒有力量買，所以臉上有一種說不出來的異樣表情，看著李太太，再回頭看看才走過來的兩位，滿面含著笑容的說：

「李太太！王太太！你們說哪一種好看呀？我簡直是看得眼睛都花了，我從來沒有看見別的地方有這些東西，大約這一定是外國來的吧！」

這時候那瘦女人走到林彩霞身邊，拿著金別針放在臉口上，比來比去，很狡猾的笑著說：「林老闆！你看！戴在你身上更顯得漂亮了，你要是不買，可錯過好機會了。我看你還是都買了吧，別三心二意了。」說完，她飛了一媚眼給李太太同那胖女人。

李太太張著兩個大眼帶著不明白的樣子看著她，那一個胖的回給她一個微笑，冷冷的說：

「可不是！這真是像給林老闆預備的似的，除了您林老闆別人不配用，別多說費話吧！快開皮包拿錢買！立刻就可以帶上。」

可憐的林彩霞，一雙手拿著皮包不知道怎樣才好，她絕想不到那兩位會變了樣子，使她窘得話都說不來了。平常出去買東西的時候，不要等她開口，只要她表示喜歡，她們就搶著買給她的。絕對不像今天晚上這種神氣。就是李太太也有點不明白了，婉貞看著她們各人臉上的表情，真比看話劇還有意思。她倒有點同情那個戲子了，覺得她也怪可憐相的。

這時候李太太有點不好意思了，走過來扶著林彩霞的肩膀，笑著說：

「林老闆，您喜歡哪一種，你買好了，我替你付就是，時候不早了，快去跳舞吧。跳完了舞你不是還要到我家裡去，教我們『起解』的慢板嗎？」

林彩霞聽著這話，立刻眼珠子一轉，臉上變了，一種滿不在乎的笑，可是笑得極不自在的說：

「對了對了，你看我差一點兒忘了，我還要去排戲呢！」她一邊說一邊就轉身先往外走，也不管櫃檯上放著的東西，也不招呼其餘的人，逕自出去了。

這時候李太太可急了，立刻追上去拉她說：

「噫，林老闆！你不是答應我們今兒晚上跳完舞到我家裡去玩個通宵的嗎？怎麼一會兒又要排戲呢？」

那瘦女人向胖女人瞟了一眼，二人相對著會心一笑，對婉貞說了一聲「對不住」，就跟著低聲嘰嘰咕咕的說著話走出去了。婉貞看著她們這種情形，心裡說不出的難過，想到她們有錢就可以隨便亂玩，而她不要說玩，就是連正經用途也付不出，同是人就這麼不平等。

她正胡思亂想，門口已經又闖進來一個披黑皮大衣的女人。一進來就急急忙忙將大衣拿下交給站在門口的小紅，嘴裡一直哼著英文的「風流寡婦」調兒。走到鏡臺前時，婉貞藉著粉紅色的燈光細看了看她，可真美！婉貞都有點兒不信，世界上會有這樣漂亮的女人！長得不瘦不胖不長不短，穿了一身黑絲絨的西式晚禮服，紅腰，長裙，銀色皮鞋。衣領口稍微露出一點雪白的肉，臉上潔淨得毫無斑痕，兩顆又大又亮的眼睛表現出她的聰明與活潑。她亭亭玉立的站在鏡臺面前梳著兩肩上披下來的長髮，實在動人！她好像有點酒意，笑瞇瞇的看著鏡子做表情，那樣子好像得意的忘了形！可是從她的眼神裡也可以看出她的心相當的亂。這時候她忽然把正在加唇膏的手立刻停下來，而對著那只結婚戒指發愣！臉上現出一種為難的樣子，大約有一分鐘工夫，她才狡猾的微笑著將戒指取下來，開開皮包輕輕的往裡面一擲。當她的皮包還沒有合上的時候，門口又走進來一個女人，年紀很輕，也很漂亮，看到梳妝臺前的女人，立刻吐了一口氣，拍著手很快活的說：「你這壞東西！一個人不聲不響地就溜了，害得我們好找，還是我猜著你一定在這兒，果然不錯。你在這兒做什麼呀？」

「哈嚕！玲娜！」那黑衣女郎回過頭來很親熱的說。

「你知道我多喝了一杯酒，頭怪昏的，所以一個人來靜一會兒，害得你們找，真對不起！」

「得啦，別瞎說了，什麼酒喝多了，我知道你分明是一個躲到這兒來用腦筋了！不定又在出什麼壞主意了！我早就明白，小陳只要一出門，就都是你的世界了！好，等他回來我一定告訴他你不做好事——你看你同劉先生喝酒時候的那副眼神！向大家一瞇一瞟的害得人家連話都說不出來了，我看著真好笑！」

「得了得了，你別淨說我了，你自己呢！不是一樣嗎？以為我不知道呢！你比我更偉大，老金在家你都有本事一個人溜出來玩，誰不知道你近來同小汪親近的不得了，上個禮拜不是他還送你一隻皮包嗎？我同劉先生才見了兩次面，還會有什麼事？你不要瞎說八道的。」

黑衣女郎嘴裡諷刺她的女伴，一隻手拿著木梳在桌子上輕輕的敲著，眼睛看著鏡子，好像心裡在盤算什麼事似的。那一個女人聽罷她的話立刻面色一變，斂去了笑容說：

「你也別亂冤枉人，我是叫沒有辦法。我們也是十幾年的好朋友了，誰也不用瞞誰，我是向來最直爽，心裡放不下事的人，有什麼都要同你商量的，只有你才肯說真話呢！你要知道老金平常薪水少，每月拿回家來的錢連家裡的正經用途都不夠，不要說我個人的開支了，所以我不得不出來藉著玩兒尋點外快。現在我身上穿的用的差不多都是朋友們送的。」

「誰說不是呢！你倒要來說我，我的事還不是同你一樣，我比你更苦，你知道我的婚姻是父親訂的，我那時還小，什麼都不懂，這一年多下來，我才完全明白了，他賺的錢也是同你們老金一樣。家裡人又多，更輪不著花。所以我只有想主意另尋出路，我才不拿我的青春來犧牲呢，不過你千萬不要同他多講，曉得不？」

「對了，你比我年輕，實在可以另想出路，我是完了，又有了孩子，而且是舊式家庭，一點辦法都沒有，只好過到哪兒算哪兒了。現在我們別再多談了，回頭那劉先生等急了。這個人倒不壞，你們可以交交朋友。」說完了，她立刻拉著黑衣女郎，三步兩步的跳了出去。

婉貞看著她們的背影發愣，她有點懷疑她還是在看戲呢，還是在做事？怎麼世界上會有這麼許多怪人！

她正在迷迷糊糊的想著，忽然開門的聲音驚醒了她。只見一個少女，像一個十七八歲還沒有出學校門似的，急匆匆的、晃晃蕩蕩的好像吃醉了酒連路都走不成的樣子；連跑帶逃的撐著了沙發的背，隨勢倒在裡面；兩隻手遮住了自己的臉，兩肩聳動著又像是哭，又像是喘。婉貞嚇了一跳，忙站起來走到她面前，看了一會兒，問她：

「你這位小姐是不是不舒服？要不要什麼？」

這時少女慢慢的將兩手放下來，露出了一隻白得像小白梨似的一張臉，眼睛半閉著說：

「謝謝你的好意，可不可以給我一點水喝，我暈得厲害。」

婉貞立刻走到裡屋門口，叫小紅快點倒一杯開水來。再走回去斜著身體坐在沙邊，摸摸少女的手，涼得像冰，再摸一摸她的頭上卻很熱。這時候小紅拿來了水，婉貞一手拿著杯子，一手扶起少女的頭，那少女喝了幾口水，再倒下去閉著眼，胸口一起一伏，好像心裡很難過的樣子，不到幾分鐘，她忽然很快的坐起來，向小紅說：

「謝謝你！請你到門外邊去看看有沒有一個穿晚禮服的男人，手裡還拿了一件披肩？」

少女說完又躺下去，閉著眼，兩手緊緊握著，好像很用力在那兒和痛苦掙扎似的。

這時小紅笑著走回來，帶著驚奇的樣子說真有這樣一個人在門外來回的走著方步呢！

少女聽見這話，立刻坐了起來，低著頭用手在自己的頭上亂抓，足趾打著地板，不知道要怎樣才好。婉貞看得又急又疑，真不知她是病，還是有什麼事？

「你覺得好一點了嗎？還有什麼事可以要我們替你做的嗎？」

「謝謝你們，我已經可以支持了，只讓我再靜一會兒，就好了。」

婉貞聽她這樣講，只好用眼睛授意小紅，叫她走開，自己也走回座位。她想，這是怎麼一回事呢？那少女心裡有什麼困難嗎？像她這樣的難過，簡直是受罪不是出來玩兒的！那麼又何苦出來呢！婉貞這時候真感到不安，好像屋子裡的空氣忽然起了變化，她連氣都快喘不過來了。可是她還忘不了那少女，還是眼睛死盯著她看。

這時候少女坐在沙發裡兩手托著下腮，低著頭看著地板，一隻腳尖在地板上打著忽快忽慢的拍子，很明顯的表現出她內心的紊亂。那身子忽伸忽縮的，好像又想站起來，又不要站起來，連自己都不知道怎樣安排自己的好！可憐一張小臉兒急得一陣紅一陣白的，簡直快哭出來的樣子。

一忽兒看看手上的錶，皺皺眉，咬咬牙，毅然站了起來，彷彿心裡下了一個決斷，三步兩步走到鏡子面前，隨手拾起桌上的木梳，將紊亂的頭髮稍微的理一下，再去打開自己的皮包。這時已經覺得頭暈得站不住了，只好一手扶著桌子，閉起眼睛停了一會兒，然後再睜開晃來晃去的往門外走。婉貞想要趕上前去扶她一下，可是沒有等得婉貞走到一半，她早到了門口，同時正有三五個人搶著進來，所以兩下幾乎撞個滿懷。婉貞一看見那進來的一群人，嚇得立刻轉身回到了自己的位子上，因為她看到其中一個胖胖的王太太，昨天也來過的，並且還同她講了許多話，表示很想同她做一個朋友，還很殷勤的約她今天到她家裡去吃飯。當時她雖然含糊的答應了這王太太，後來就忘得乾乾淨淨了，現在一看見她倒想起來了，唯恐她要追問。婉貞真有一點怕她那一張流利快口，她希望今晚上不要再理她才好，想躲開又沒地方躲。

那進來的一群人之間，除了那個胖王太太比較年紀大一點之外，其餘都是很年輕的都打扮得富麗堂皇，都戴滿了鑽石翡翠，珠光寶氣的明顯都是闊太太之流。只有一個少女，一望而知是一個才出學校不久的姑娘，穿的衣服也很樸素，那態度更是顯然的與她們不配合，羞答答的跟在她們後頭，好像十分不自然，滿面帶著驚恐之神，看看左右的那幾位闊太太，想要退出去，又讓她們拉著了手不放鬆，使得她不知道怎樣才好。

婉貞這時候看著她們覺得奇怪萬分，她想這不定又是什麼玩意兒呢！

胖王太太好像是一個總指揮，她一進來就拉了還有一位年紀比較稍大一點的——快三十出頭，可是還打扮像二十左右的女人：穿了一件黑絲絨滿滾著珠子邊的衣服，不長不短，不胖不瘦，恰到好處；雪白的皮膚，兩顆又黑又亮的大眼睛，但笑起來可不顯得太大，令人覺得和藹可親。胖王太太拉著她走向鏡臺，自己坐在中間那張椅子上，叫她坐在椅背上，笑嘻嘻的看著那三位正走進了裡間，她很得意的向著同伴說：

「張太太！你看這位李小姐好看不好看？咳！為了陳部長一句話，害得我忙了一個多禮拜，好不容易，總算今天給我騙了來啦，回頭見了面還不知道滿意不滿意呢？真不容易伺候！」

「好！真漂亮，只要再給她打扮打扮，比我們誰都好看。你辦的事還會錯嗎？你的交際手腕是有名的，誰不知道你們老爺的事全是你一手提攜的呢！聽說最近還升了一級！這一件事辦完之後，一定會使部長滿意的，你看著吧，下一個月你們老爺又可以升一級了。」

那位張太太在說話的時候就站了起來，面對著胖王太太靠在鏡臺邊上，手裡拿著一支香菸，臉上隱含冷譏，而帶著一種不自然的笑，眼睛斜睨著口裡吐出來的菸圈兒，好像有點兒看不起同伴的樣子。胖王太太是多聰明的人，看著對方的姿態，眼珠一轉就立刻明白了一切，對張太太翻了個白眼，抬起手來笑瞇瞇的要打她的嘴，同時嬌聲的說：「你看你！人家真心真意的同你商量商量正經事，倒招得你說了一大串廢話！別有口說人沒有口說自己，你也不錯呀，你看劉局長給你收拾得多馴服，叫他往東他不敢往西，只要你一開口要什麼，他就唯命奉行，今兒晚上他有緊急會議都不去參加，而來陪著你跳舞，這不都是你的魔力嗎？還要說人家呢！哼！」

胖太太顯然的有點兒不滿同伴的話，所以她立刻報復，連刺帶骨的說得張太太臉上飛紅，很不是味兒，可是又沒有辦法認真，因為她們平常說慣了笑話的，況且剛才又是自己先去傷別人的，現在只好放下了怒意，很溫和的笑著，親親熱熱的拉住了胖王太太伸出來要打她嘴的那隻手，低聲柔氣的說：

「你瞧，我同你說著玩兒的幾句笑話，你就性急啦，你不知道我心裡多難過！我也很同情你，我們還不是一樣？做太太真不好做，又要管家的事，又要陪著老爺在外邊張羅，一有機會就得鑽，一個應付得不好，不順了意，還要說我們笨。壞了他們的事，說不定就許拿你往家裡一放，外邊再去尋一個，你說對不對？你看我們不是一天到晚的忙！忙來忙去還不是為了他們？有時想起來心裡真是煩！」

胖王太太這時候坐在那裡低著頭靜聽著同伴的話，很受感動！並撩起了自己的心事，沉默著什麼也說不出來了。可是時間不允許她再往深裡想，裡間屋的人已經都走出來了，一位穿淡藍衣服的女人頭一個往外走，臉上十分為難的樣子叫著：

「王太太！你快來勸勸吧！我們說了多少好話李小姐也不肯換衣服，你來吧！要看你的本事了。」第二個走出來的是那位淡妝的少女，身邊陪著一位較年輕的少婦。那少女臉上一點兒也不擦粉，也不用口紅，可是淡掃娥眉，更顯清秀；頭髮也不卷，只是稍兒上有一點彎曲；穿了一件淡灰色織綿的衣服，態度大方而溫柔。自從一進門，臉上就帶著一種不自然的笑，在笑容裡隱含著痛苦，好像心裡有十二分的困難不能發揮出來。這時候她慢慢的走到王太太面前低聲的說：

「王太太！實在對不起您的好意，我平常最不喜歡穿別人的衣服，我不知道今天要到跳舞場來，所以我沒有換衣服，這樣子我是知道不合適的，所以還是讓我回去吧！下次我預備好了再來好不好？況且我又不會跳，就是坐在那兒也不好看的，叫人家笑話，於您的面子也不好看！」

少女急著要想尋機會脫身，她實在不願和她們在一起，可是她又不得不跟著走。胖王太太是決心不會放她的，無論她怎樣說，胖王太太都有對付的方法。胖王太太立刻向前親熱的拉著她的手說：

「不要緊！李小姐。不換也沒有關係，就穿這衣服更顯得清高，你當然不能打扮得像我們這樣俗氣，你是有學問的，應當兩樣些，反正不下去跳舞，等將來你學會了跳舞再說好了。不過你的頭髮有點兒亂！你過來我給你梳一梳順，回頭別叫外國人笑我們中國人不懂禮貌，連頭髮都不理！你說對不？」

胖王太太不等對方拒絕就先拉著往鏡臺邊走，一下就拿李小姐硬壓著坐在鏡子面前，拿起梳子，給她梳理。李小姐急得臉都漲紅了，十分不高興的坐了下來，可是要哭又哭不出，那種樣子真叫人看了可憐！婉貞坐在椅子上看得連氣都透不過來了，恨不能過去救她出來，這時候她已經看明白她們那一群人的詭計，暗下慶幸自己昨晚沒有鑽入圈套，因為昨晚王太太約她今天到她家去吃飯，也不是懷好意的。因此她痛恨她們！她同情李小姐，她想找一個機會告訴她，可是她怎樣下手呢！正在又急又亂的當兒，她聽見李小姐在那裡哀聲的說：

「王太太，您別費心了！我的頭髮是最不聽話，一時三刻的叫它改樣子是不行的，您白費工夫，反而不好看，我看還是讓我回去吧！我母親不知道我到舞場來，回頭回去晚了她要著急的，她還等著我呢！我們出來的時候您只告訴她去吃飯，她還叫我十點以前一定要回去的，還是讓我走吧！下次說好了再陪你們玩好不好？」

「別著急，老太太那面我會去說的，等一會兒，跳完了我一定親自送你回去，到伯母面前去告罪，她一定不會怪你的。」王太太在那兒一面梳一面說，同時耍飛眼給張太太，叫她快點去買一個別針來，她這兒只要有一個別針一別就好了。

張太太立刻明白了王太太的意思，走到婉貞櫃子邊上，叫婉貞拿一個頭上的別針，再拿一支口紅，一個金絲做成的手提包，一面問多少錢，一面從包裡拿出一大卷鈔票，一張張地慢慢數著。

婉貞雖然手裡順著她說的一樣樣的搬給她，可是心中一陣陣的怒氣壓不住的往上直衝，恨不能立刻離開這群魔鬼。她看透了她們的用意，明白了一切，怪不得昨天那位王太太十分殷勤地同她講話，一定要請她今天去她家吃飯，要給她交一個朋友。她昨天還以為她是真心誠意來交朋友呢，現在她才明白了她們的用意，大約她們也有所利用她的地方。心裡愈想愈氣，連張太太同她說話她都一句沒聽見，心裡只想如何能將她們這一群鬼打死，救出那位天真的小姑娘才好。這時候她只聽得面前站著的張太太拚命的在那兒叫她：

「唷！你這位小姐今天是怎麼一回事呀！是不是有點兒不舒服呢？怎麼我同你

連說了幾遍，你一句也沒有聽見呀？」張太太軟迷迷的笑著對婉貞看，好像立刻希望得她一個滿意答覆。

婉貞想要痛痛快快地罵她幾句，可是又不知如何說法，只得將自己的氣往下壓。在禮貌上她是不得不客客氣氣地回答她，因為這是她職位上應當作的事，可是再叫她低聲下氣地去敷衍是再也辦不到的了。她的聲調已經變得自己都強制不了，又慢又冷地說：

「好吧！你拿定了什麼，我來算多少錢好了。」

張太太也莫名其妙的，只好很快地將別針等交給婉貞算好了錢，包也不包拿了就走。她只感到婉貞有點不對，可是她也不明白是怎麼一回事，心想還是知趣一點少說話吧！婉貞呢，這時候的心一直纏在那位小姑娘身上，她要知道到底是否被她們強拉著走了，這時候她再往前看，只看見那位王太太已經很得意的將頭給她梳好了。當然是比原來的樣子好看得多，可是那小姑娘一點也沒有注意到，她只是低著頭愁眉苦臉的沉思著，王太太在旁邊嘰嘰咕咕講了許多讚美的話，她一句也好像沒有聽見，想了半天忽然抬起頭來滿臉帶著哀求的樣子，又急又恨地說：

「王太太！請你不要再白費時間了，你看這時候已經十點多，快十一點了，我再不回去母親一定要大怒，您別看我已經是長得很大的人了，可是我母親有時候還要小孩子一樣的責打我呢！我們的家教是很嚴的，又是很頑固的，我父親在上海的時候，哥哥讀到大學還要招打呢！我女孩子家更不能亂來，這次若不是為了父親在內地，家用不能寄來，我母親絕不會讓我出去做事的，事前她已經再三的說過，叫我不要到外邊來交朋友，如果不聽她的話，她會立刻不讓我在外面工作的。所以您還是讓我回去！您的好意我一定心領，等過幾天我同母親講好了，再出來陪您玩，不然連下次都要沒有機會出來的。」

胖太太聽著她這一段話，心裡似有所動，靜默了一分鐘，深思一刻，立刻臉上又變了，像下了決心一定不肯放鬆這個機會，急忙拉著她的手，像一個慈母騙孩子似的，放低了聲調，用最和暖的口氣，又帶著哀求的樣子說：

「得了！我的好小姐，你別再給我為難了，就算你賞我一次面子，我已經在別人面前說下了大話，別人請不到的我一定請得到，你這麼一來不是叫我難為嗎？」說到此地，再將聲音放低著好像很鄭重似的，「況且等一忽兒部長還親自來跳舞呢！給他知道了你擺這麼大架子，不太好，說不定一生氣，就許給你記一個大過，或者來一個撤職，那多沒有意思呀！你陪他坐一忽兒又不損失什麼，他一高興立刻給你加薪，升級都不成問題。你想想看，別人想親近他還沒有機會呢，你有這樣好的機會還要推三推四的，簡直成了傻子了。」她連說帶誘的一大串，說得那個小姑娘也低了頭一聲不響的，十分意動。

這時候那張太太也走到了她們面前，並在那兒拿手裡的東西給她們看，王太太立刻就拿別針搶過去往她頭上帶。一個不要帶，一個一定要，三個人又笑又鬧的正在不可開交的時候，門外邊忽然又衝進來兩個女人，一個是穿著西式晚禮服的在前面走，一邊走一邊大聲的叫罵，後邊一個穿了旗袍的比較年輕一點的滿臉帶著又急又窘的樣子，在後面緊緊的追著她。這時候一屋子的空氣立刻變得緊張，每個人的視線都集中在她兩個人的身上。婉貞本來是已經頭昏腦脹，自己覺得連氣都快喘不過來了，恨不能即刻逃出這間惱人的屋子，到一個沒有人影的地方去清靜一下。可是這時候給她兩人進來後，她也忘記了一切，只有張大兩隻眼睛急急的看著她們到底又是鬧的什麼把戲。只聽得那先進來的女人，坐在近著婉貞的桌子邊上那鏡臺的椅子上，用木梳打著桌子出很響的聲音，帶著又氣又急的聲音對著坐在她左邊椅子上少女說：

「好！多好！這是你介紹給我的朋友，多有禮貌！多講交情！還是受過高等教育的人呢，做出這種下流不要臉的事！看她還有什麼臉來見我！真正豈有此理，你叫我還說什麼？」說完了還氣得拿木梳拚命用力氣向自己的頭上亂梳，看樣子連自己都不知道是在梳自己的頭髮，簡直氣糊塗了。那邊上的女人，聽完她的話，臉上顯得十分不安，也急得連話都支支吾吾的講不清楚——

「你先慢點生氣，到底是怎麼一回事遭得你生這麼大氣，我卻還不明白，大家都老朋友了，能原諒就原諒一點吧。」

「你倒說的輕鬆！反正不在你的身上，若是你做了我一定也要氣的發暈。」

「到底你是發現了什麼怪事呢？」

「你聽著，我告訴你！剛才不是在我家裡吃完了飯大家預備到這兒來嘛，我們大家不是都在客廳裡吃香菸、穿大衣嘛，是我叫亨利上樓去鎖了房門，叫傭人帶了小倍倍早點睡，我們今晚上次家晚。等他走了不多一忽兒，曼麗也跟著上樓去。那時候我一點也不疑心，以為她是上wc去的，誰知道我們講了許多時候閒話，他們還不下來。你同小張他們正說得熱鬧呢，也沒有留心，我是已經奇怪了，所以就不聲不響輕輕地走上樓去。在樓梯上我已經聽得兩個人輕微的笑聲，我就更輕輕的一步步的走到房門口，輕輕的推一下。還好，沒有鎖上，他們大約也沒有聽見。等我走進一看，好，真美麗的一個鏡頭！兩個人互相抱著很熱烈的接吻呢！你說我應該怎麼辦！你說？」這時候她一連串說完了，還緊逼著旁邊那個女人說，好像是她做錯了事似的，那個女人倒有點兒不知道說什麼好！也許是事情使她太驚奇，只好輕聲的說：

「唔！那難怪你生氣。」低聲的好像說給自己聽似的。

「我當時真氣得要哭出來了，只好一聲不響回頭就下樓，他們也立刻跟了下來。大家都在門口等著上車呢，我只好直氣到現在。」

「我說呢！我現在才明白，怪不得你在車子裡一聲也不響，誰也不理呢！原來是如此。」她雖然是低聲冷靜的回答她的話，可是她的臉色也立刻變了，眼睛看著鼻子，好像正在想著十分難解決的事情，對面講的話也有點愛聽不聽的樣子。

「你看你！怎麼不響了？你給我出個主意呀！你看我等一會兒應該怎樣對付她，還是對大家說呢，還是不響？我簡直沒有了辦法了，同你商量你又陰陽怪氣的真不夠朋友！」

「你也不要太著急，大家都是社會上有地位的人，不要鬧得太沒趣，慢慢的再商量辦法。反正曼麗也知道給你看破她還不好意思再同你親熱了，只要你對你自己的老爺稍微警戒警戒，料他以後也不會再做，鬧出來大家沒有意思，你說對嗎？」這一位聽了對方幾句很冷靜的話以後倒也氣消了一半，態度也不像以前那樣緊張了，眼睛看著對方的臉靜默了幾分鐘，慢慢的站了起來，低聲的說：

「好吧！我聽你的話。不錯，鬧起來也沒有多大好處，只要我以後認識了她就是。那我就托你等一會兒，她若是進來，你說她幾句，叫她知道知道，就是我不響，問問她自己好意思麼！我是不預備再同她講話了。」說完了就往外邊走去。那一個是一隻手托著臉，眼睛看著另一隻手裡的香菸，滿臉不高興的樣子，一聲也不響，這時候屋子裡的空氣非常之靜。婉貞，自從她兩個進來之後眼睛一直沒有離開她們的身子，心裡逼著一口氣，聽出了神。這時候才算把氣鬆了，抬眼一看屋子裡的人也都走完了，只有靜坐的那一位——她也好像沒有覺得屋子裡還有第二個人，婉貞也看著她不知道想什麼好。忽然裡屋子的小蘭匆匆忙忙的跑到婉貞面前，好像又有什麼大事生了似的說：

「快點！你的電話，大約是家裡來尋你，說是有要緊事叫你無論多忙也要去聽一聽，你快去吧！」她說完了就即刻要來拉婉貞去，婉貞可給她嚇得連話都說不出來了，身體都麻木了似的，好像是才從一個惡夢裡驚醒，自己都不知道自己在什麼地方。可是聽說是家裡，她才想起一切，想起還有二寶病著呢！這時候來電話不要出了什麼事——她不敢再想，她怕得連著出冷汗，心裡跳得幾乎站都站不起來。小蘭也不管她說什麼，只急急的拉著她就往裡跑。拿起電話筒她只說了一聲「喂」，就再也說不下去了，只聽得立生的聲音在說：

「你是婉貞嗎？你怎麼樣了，問經理支著薪水沒有？二寶現在已經熱得不認識人了，一定要快去買了針藥來打才能退熱，不然恐怕要來不及了。你知道嗎？喂！你為什麼不說話呀！」婉貞聽著立生的急叫聲，她已經失去了知覺，她心裡一陣陣的痛，腦子裡亂得連她自己都不知應該做什麼好。老實說她自從進來之後，腦子一直沒有時間去想這件事，現在才又想起二寶那只燒得像紅蘋果的小臉兒，她又何嘗不想立刻能拿到錢呢！可是她……

「喂！喂！你說話呀！到底你什麼時候回來？能不能早一點把藥帶回來？你為什麼不開口呀？真急死人了。」

「好，我知道了，在半個鐘頭以內一定回來。」勉強的逼出來這一句話，說完不等回答就把電話筒掛上了，她自己也飄飄蕩蕩的站也站不直了，好像要摔倒似的，嚇得小蘭立刻上前扶著她走到外間去。婉貞由她扶著像做夢似的向前走著，可是心裡簡直難過得快要哭出來了。這時候她需要安靜，靜靜的讓她的腦子清一清，可是事實不允許她如此做。等她還沒有走到自己座位面前，已經聽得又有一個女人在那裡同剛才坐在鏡臺邊靜想的一個在那兒吵架，聲音非常之大，一句句地鑽進婉貞的耳朵裡，不由她不聽。那一個坐著的女人這時候臉色變得很蒼白的，瞪著大眼對立在面前的女人厲聲的說：

「我告訴你，叫你醒醒不要做夢！亨利老早就是我的人，他沒有同莉莉結婚之前就是愛我的，因為我不能嫁他，他才娶的莉莉。可不能讓你們有任何關係，你快給丟手，不然我絕不饒你，你當心點！」

那女人聽了這些話，反而抬起了頭大聲地狂笑——笑得十分地自然而狡猾，又慢又冷地一個字一個字的說：

「真可笑！說這種話不怕人笑，亨利不是你的丈夫，你無權管，我愛誰恨誰是我的自由，誰也管不著。我高興怎麼做就怎麼做，不勞你多講！」婉貞這時候自己的心裡已經亂得沒有法子解脫，再聽著這些無聊話更使得她的心要爆炸似的，一口氣悶得連氣都透不過來，簡直像要瘋了。她看一看自己的周圍，燈光輝煌，色彩美麗，當然比自己的家要舒服得多。可是現在她覺得這個地方十分可怕，坐都快坐不住了，柔媚的空氣壓不住她內心的爆火，她只覺得自己的臉一陣陣發燒，心裡跳得眼前金星亂轉，一個人像要快被逼死。面前那兩個人的吵架聲，愈來愈往她耳朵裡鑽，她不要聽——她腦子裡再也放不進任何事了。可是坐在近邊，那聲音不知不覺的一個字一個字地鑽進來，她恨不能立刻高聲的叫她們走出來，或是罵她們一頓，她簡直再也忍不住了，她站了起來對她們張了口正想罵出來，可是一時又開不出口，急得臉紅氣喘，坐立不安。這時候她不能再忍一分鐘，非立刻離開此地不成，不然她可能就了瘋，她自己都控制不了自己了，只感覺到屋子裡的空氣好像重得快把她壓死了，非走不可。想到走——她就不能等有別的在轉變，立刻不顧一切的一直往門外衝，走過舞池她也好像沒有看見，音樂在她身邊轉，她也沒有聽見，只是直著眼睛，好像邊兒上沒有第二個人，急匆匆只顧向前走，連自己都不知道要向哪兒去。顯然她已經失卻了控制力。走到二門，可巧經理先生站在那兒招應客人。看見她那樣子，以為裡面出了什麼意外的事，他立刻緊張的迎著問她：

「喂——婉貞小姐！您為什麼這麼急匆匆的，有什麼事嗎？」

婉貞根本就沒有留心到他，他所講的話也沒有聽見，毫無表情的一直往前走，經理先生在後面緊跟著叫，也是沒有用。

她一口氣走出了大門，到了外邊草地上，四外的霓紅燈照得草地上也暗暗的發出光亮。因為這所房子四外的空地相當大，到了夏天就把空地改為舞池，所以有的地方種著許多的小樹同花木，環境很覺清靜。婉貞一口氣跑到左邊的一片草地旁邊，隨便的坐到石椅上，輕輕的舒了一口氣，才覺得自己胸口稍微輕鬆了一下。晚風吹入她的腦子也使她清醒了一點，在這個時候她才像大夢初醒似的，開始記起自己現在所處的地位，她一定要決定一下應當怎麼做才對。這時候她好像聽得立生在電話裡的聲音——那種又急又怨的聲調，真使她聽得心都要碎了，她明知此刻二寶是多麼需要醫藥來救他的小命兒，金錢是多麼重要的一件事，小臉兒燒得飛紅的小二寶正在她眼前轉動，她又何嘗不愛這個小兒子呢！她一陣陣的心酸，恨不能自己立刻死了吧！她一個人站在椅子邊上，走兩步，又退兩步，想來想去，她是應該盡她母親的責任的，她絕不能讓二寶不治而死的，她還是顧了小的吧，於是她又慢慢的一步步的走回到大門邊，想進去問經理先生預支點薪水，打電話叫立生來拿了去買藥，快點給二寶吃。可是到了大門口，她已經聽見裡面音樂聲——在那兒抑揚的響著！這時候二寶的小臉忽然消失了，只有剛才那些女人的臉一張一張的顯現在她的眼前，她又回想起在屋子裡的一切，她又迷糊起來了。她走到門口想進去，可是自己的腿再也抬不起來了，她已經感到她的呼吸不能像在外邊那樣的舒暢。她又感到氣急，這種非蘭非香的濃味兒，她簡直是受不了，她轉身再往草地上走——她想——想到今兒晚上，短短的兩三個鐘頭內所見所聞的一切，再起頭想一遍，實在是太複雜，太離奇了。不要說親自聽見、看見，就是在她所看過的小說書裡，也沒有看到過這許多事——難道說這就是現在的社會的真相嗎？她真是不明白，如果每晚要叫她這樣，叫她如何忍受呢？難道說叫她也同她們這些人去同流合汙嗎？

昨晚回家她已經通宵不能安睡，她感到這是另外一個世界，她過慣的是一種有秩序又清靜的生活，一切是樸實的、簡單的，現在忽然叫她重新去做另外的一種人，哪能不叫她心煩意亂呢？所以經夫妻倆商量之後預備放棄這個職業，願窮一點，等以後有機會再等別的事做吧。今天下午她看了二寶燒得那樣厲害，而家裡又沒有錢去買藥，便一時情感作用，預備犧牲自己，再來試一下，至多為了二寶做一個月，晚上就可借薪水回來了。可是現在她決定不再容忍這一類的生活，因為就算救轉了二寶的生命，至少她自己的精神是摧殘了，也許前途都被毀滅了。她愈想愈害怕，她怕她自己到時候會管不住自己，改變了本性，況且生死是命，二寶的病，也許不至於那樣嚴重，就是拿了錢買好了藥，醫不好也說不定，就是死了——也是命——否則以後也會再生一個孩子的——她一想到此地她的心裡好像一塊石頭落下去，立刻覺得心神一鬆。她透了一口氣，抬起頭來向天上一看，碧藍色的天空，滿布著金黃色的星，顯得夜色特別幽靜，四圍的空氣非常甜美。這時候她心裡什麼雜念都沒有，只覺得同這夜色一樣清靜無邊，她心中很快樂——她願意以後再也不希望出來做什麼事。因為不管做什麼每天往外跑，至少衣服要多做幾件，皮鞋要多買幾雙，也許結算下來，自己的薪水還不夠自己用呢，不要說幫助家用了。

這時候她倒一身輕鬆了許多，也不愁，也不急，想明白了。她站起來很快的就一直往大門外邊走去，連頭也不回顧一下身後滿布著霓紅燈的舞場。一直走出大門叫了一輛黃包車，坐在上面，很悠閒的迎著晚風往家門走去，神情完全和剛來時不一樣，她只覺得自己還是一個天下十分幸運的人呢！

卞昆岡（與徐志摩合作）

登場人物

阿明（卞昆岡的兒子）
卞母
李七妹
卞昆岡
嚴老敢（卞昆岡的助手）
老瞎子
尤桂生
石工甲
石工乙
王三嫂

地點：山西雲岡附近一個村莊

卞崑岡第一幕（1）

布景
卞崑岡家，臺右露一角，檐頭鋪松茅綻出成陰。門前一大棗樹，陰下置有木桌及條凳。臺後一木柵，有門。遙望見草原及遠山景色。院內雜置白石小佛像及其他生物石像。

阿明年八歲，神態至活潑，眉目尤秀麗，穿青布短褂。幕起時阿明正倚棗樹下木桌邊吹胰子泡，身旁一小石馬。天時約五月。時近傍晚，遠山斜陽可見。

阿明：（吹泡）癟了！真討厭，老不大就癟了。我想吹一個地球那麼大的……這好……上去，飛上天去……呼，呼……上去……呼……好了，好了，這回好了！唷，又癟了！一個大地球癟了！……（聞三弦聲）咦！他來了。（至木柵門）老周，你回來了。明兒見罷。（走回，騎石馬上吹泡）再來一個。

奶奶，奶奶！快來，快來，看我的大地球兒……奶奶，來呀，再不來這地球又要破了——你瞧！奶奶，你倒是哪兒去了？

卞母：（自內）來了，又這兒淘氣了阿明！胡嚷嚷的叫奶奶做什麼呀！奶奶這兒正做著麵哪，做好好的炸醬麵等你爸爸回來吃哪……（自門內轉出，腰圍廚裙，手沾麵粉，年六十餘，頗龍鍾，行路微震。）

你瞧我這一手的粉……怪累人的……你怎麼了？阿明！好，胰子水又潑了一桌子一地，什麼地球不地球的！（檐前取水洗手）你爸爸不是今兒回家嗎？太陽都快下山了，他這就該到了，快不要頑皮，好孩子，也叫你爸爸歡喜。（收拾桌子。阿明騎馬，作馳騁狀。）

阿明：唷，對了，可不是爸爸今兒個要回來了麼！我又有糖吃了，又有好東西玩兒了！我可不喜歡爸爸那頭小黑驢，老低著頭一顛一顛的多難看，哪有我這大白馬好，長得又美，跑得又快。得兒吁！

卞母：大白馬？叫你有了大白馬還了得，這房子都該讓你給衝倒了呢！（取竹椅坐樹下。阿明趨伏膝前）。

阿明：奶奶，奶奶！

卞母：幹什麼了？

阿明：（聲音緩重）奶奶，爸爸真這麼疼我麼？

卞母：傻孩子，爸爸不疼你還疼誰。

阿明：幹嘛他老愛看我的眼睛？

卞母：（音微澀）傻孩子，你那小眼珠兒長得好看，你爸爸愛瞧。

阿明：幹嘛就我的眼睛好看，奶奶，你的眼睛不好看嗎？

卞母：爸爸愛你的眼睛就為你的娘……

阿明：奶奶說呀，我娘怎麼了？我娘？奶奶不說我娘早成了仙了嗎？奶奶，可是您說我娘怎麼著？

卞母：傻孩子。（手指阿明眼睛）你這對小眼珠兒，就是你娘，（音發震）你娘當初的一雙眼睛一樣。你爸爸就是最愛你娘的一雙眼睛，現在你娘不在了，他所以這麼疼你，愛看你的眼睛。誰家的爸爸也沒有像你爸爸那樣疼兒子。他有時簡直像是發了瘋似的，我看了都害怕。苦命的孩子，（撫他的頭面）這年歲就沒了娘，就有一個老奶奶看著你（舉袖拭淚）。我又老了，管不了你，你有個娘多好！可是你爸爸……

阿明：我不，有奶奶不是一樣好，爸爸疼我，我疼奶奶，奶奶別哭呀，好奶奶（舉小手為拭淚）我疼你極了，你別哭了，爸爸快回來了，回頭他見你哭又該不高興了。我們到門前去望望看好不好？

他那麼大個兒騎在頂小的驢兒上，我們老遠就看得見的。（躍起趨柵門前站石上外望）太陽都快沒了，那山上起了雲，好像幾個人騎著馬打架呢，都快黑了，像是戴了頂帽子，白白的。怎麼影兒都還沒有哪，怎麼回事？今兒許不來了罷？那多不好，奶奶！

嗐，你瞧，爸爸倒沒有來，街坊那女人像是又上我們家來了，誰要她老來？

卞母：女人，誰？

阿明：就是那姓李的寡婦！

卞母：去你的，孩子們說什麼寡婦不寡婦的，越來越沒有樣兒了！孩子們第一得有規矩，不許胡說亂話的，她也待你頂好的，來了就該叫她一聲姨。

阿明：姨！胰子泡！我才沒有那麼大工夫呢！

卞崑岡第一幕（2）

卞母：（怒）頑皮，再說奶奶要打了！（李七妹已推木柵門進院，說話帶笑聲。李年約二十四五，面有脂粉痕）

七妹：老太太在家嗎？（轉眼見阿明倚木柵邊，急趨向欲抱之）嗐，這不是小阿明麼，乖孩子，就是你機靈，（阿明不顧，馳去騎弄白馬）好寶貝！

卞母：啊，七妹，我說是誰呢，幾天不見了？快別理阿明那孩子，他什麼都好，就是怕生，要說呢歲數也不小了，小機靈什麼都說得上，就是怕生不好。你又上哪兒玩兒來了，這天色好，誰都想上山去玩玩，就我這老骨頭挪活不了。

七妹：可不是好天氣，前兒個我和王三嫂到雲岡大佛寺燒香去了。才熱鬧哪，老太太，哪年也沒有今年旺！山裡的石榴花開得多大，通紅的一片，才好看呢。

卞母：噢，到大佛寺，你們沒有碰見我們崑岡嗎？他說今兒回來的。

七妹：可不是我們一去就見著卞爺了嗎？我們還看著他雕像來了哪。他正雕著一尊騎大獅子的佛爺，就跟那山上的一模一樣，真好功夫，獅子好，佛爺的相兒更好，真像活的。哪來這手勁，看著一點也不費事，一錘雕活了一雙眼，又一錘雕上了那活靈的神兒，真有他的。老太太，您沒看見那小傻子嚴老敢呢，他老張著一隻大嘴，瞪著一雙大眼，瞧著他老師的功夫，整個兒看呆了，那神兒才可樂哪！

卞母：這碗飯也是不容易吃的。崑岡倒是從小就近這門兒，才四五歲就拿白粉在牆上滿塗，前年過世的鄭老爹見了就誇這孩子有天才。我倒是難喜他雕佛像，事兒是累，可是修好的事——你不坐坐？

七妹：唷，我來胡扯了半天，倒忘了我是幹什麼來了！可不是，老太太，我要問您家借那水吊子使一使，我們家那個讓胡掌櫃家借去使壞了。我可不能使壞您的，明兒個就來還。這天乾得井水都不能吃了，我還是願意走遠幾步路自己去打泉水用，那清甜多了。

卞母：水吊子，門外那一個你拿去使就得了，我們屋子裡另有著哪。說是，崑岡怎麼還不來；阿明，你聽著那道上有驢鈴沒有，我是真老了，牲口晃到我跟前，我有時候還聽不見哪！

阿明：（正忙著拿一副草繩做的馬韁給他的白馬套上）哪有驢子，就有我的馬——得兒吁！

七妹：（斜眼看阿明）這孩子倒真是乖；沒有娘的孩子真是苦，奶奶可累著了。他爸爸不是頂疼他的嗎？

卞母：我們正說哪，誰家的爸爸也沒有他爸爸那麼疼兒子。也是他那一雙眼睛，簡直跟他娘的一式兒沒有兩樣，長長的眼毛，黑黑的眼珠子，他父親（低聲）就迷這對眼睛！你瞧著，崑岡一回來，汗也不擦，灰也不撣，先得抱住了他直瞅他那雙眼睛，就像是他眼睛裡另外有一個花花世界似的。

七妹：男人本來都是傻的……

阿明：唷，那不是小黑驢的小鈴兒響（遠遠聞鈴聲），我來看！（奔柵門口，企著望）是的，奶奶，是的，爸爸回來了。他哼是急了，直要小黑驢跑快，小黑驢真乏，偏跑不快，哪有我那大白馬跑得快。那不是到了嗎！我接他去……（開柵門要跑）

卞母：耽著，孩子，不許亂跑，回頭再閃跤，上次不是閃破了鼻子流了好些血，你爸爸還怪著我哪。等著罷，孩子，一忽兒就到了（驢鈴聲漸近。阿明一手曳開木門，探頭出外，高聲叫）

阿明：爸爸！爸爸！

崑岡：（自內）來了，來了，孩子，你爸爸來了！（進門。面紅出汗，風塵滿身）這不來了嗎，孩子！（擎舉阿明親吻之）乖孩子，你等急了不是？（看阿明眼，神態凝重，如在祈禱）好孩子，我的親孩子！（放下，攜阿明手走向卞母）娘，我回來了！

卞母：（起立復坐）我說太陽都沒了怎麼還不來。這一時好嗎，崑岡？李七妹剛才來，正說著你，你們不是在大佛寺兒見著了麼？

崑岡：是的，娘，（向李領首）這幾天燒香真旺，我說娘要是有興致出去燒燒香，山裡看看大紅花倒不錯呢。李家嫂嫂不是前兒個當天就回來了嗎？

卞崑岡第一幕（3）

七妹：回來天都全黑了！王家嫂子在路上直害怕，三步並著兩步走的，差點兒閃了個大跟斗！

崑岡：怎麼，這二十來裡地你們全是走的，好！

七妹：不，那哪成。我們騎驢兒到百善村才跑路的。好，要全走那道兒，得半夜還不準到得了哪！你快歇著罷，走道兒怪累的，今兒個天又熱，你瞧你汗都透了！我也該走了，老太太，你們吃了晚飯早點兒睡罷。那吊子我使完了就拿來還。阿明乖，叫我聲姨！

阿明：我不叫！

崑岡：嘸，誰說的，小孩子怎沒有規矩！

七妹：今兒不叫，明兒可得叫，我買糖給你吃。走了，明兒見，卞爺！

崑岡：明兒見，李嫂。

（李出木門去，低聲唱歌，時天已漸暗）

卞母：咳，七妹倒是個痛快人，可惜命運不好！

崑岡：什麼，她也不知道到底是怎樣的人，瞧那樣兒可不怎麼樣——端正。卞母：得了，別胡說八道的，人家還是新寡呢，我知道你心裡反正除了青娥別人都瞧不入眼的，可是呢，死的也死了，你也有時得同活的想想，別成天的做夢了。

崑岡：唉，娘呀，誰說我不轉念頭呢，可是我老忘不了青娥，娘！你也是個明白人，你說罷，說句良心話，這全村上哪個女人能比得上青娥半點兒，不用說長相兒，就是性情脾氣也沒像她那樣好的。我真不敢草率，回頭一個不好，碰著個脾氣不好的，不是叫我的阿明受苦麼？

卞母：阿明，爸爸有一個新媽媽，好不好？

阿明：奶奶，爸爸，我可以不要新媽媽，我只要奶奶疼我，爸爸愛我就夠了。我不要什麼新媽媽！

崑岡：（很難過的樣子）知道了，孩子，大人在這兒講話不要多口，好孩子去玩去罷。（兩眼看著遠山）娘呀！你老人家放心罷，讓我慢慢的來想想，反正有的是時候呢。你去做飯來吃罷。

卞母：好，這才是呢，我也不是屢次的逼你，為的是我也一年不如一年了，我這回的病（搖頭）真說不定哪天……我也是為的阿明一個人，咳，真是的，好好的青娥，為什麼拋了我們前頭走了呢，好……也是阿明命該是沒有娘……這是哪裡說起……（自

言自語的走了進去，崑岡一直瞧著她走了進去。等了一忽兒）

崑岡：咳！青娥，你知不知道自從你走了，我們家裡再也沒有樂趣了？青娥……

青娥……你怎麼叫我忘得了你，咳……（回頭尋找阿明，見他正騎馬，面轉笑容）……孩子是真可愛。來，來，孩子，爸爸回了家，你快活不快活？

阿明：快活極了。爸爸，你不去了罷？我要你老跟我耽著，陪我玩兒。爸爸不在家，就有了大白馬陪我玩兒，我今兒給它做了根轠繩，下回我拉緊了轠繩，它就跑不了了不是？

崑岡：明兒我請你騎驢，我做你的驢夫，好不好？

阿明：不好，你那小黑驢兒脾氣怪不好的，老彆扭，哪有我那大白馬好，它從沒有叫我閃跟斗，我就要好爸爸陪著我玩兒。（撲入懷）

崑岡：孩子，真好孩子。可是你爸爸有事，回家耽一兩天就得走。奶奶領著你不好嗎？

阿明：奶奶好是好，可是奶奶老了。奶奶不是忙著做活做飯，就是坐在大椅子上瞌睡。她也不叫喂我的好白馬。我編故事兒給她聽，她聽不到三句又睡著了。她又非得逼著我叫她姨，就那個寡——

崑岡：嘸，誰教你的，小孩子可不能胡說，奶奶教你總是不錯的，教你叫姨你就得叫姨。她常來咱們家不？

阿明：常來，來了就要我叫姨。我可不喜歡她。她唱得也不好聽，又偏愛唱，剛才不是一出咱們的門就哼上了麼？

崑岡：不許胡說話，有什麼好事兒講給爸爸聽？

阿明：我想想——噢，有了。爸爸我知道了！

崑岡：你知道什麼了？

阿明：奶奶對我說的。

崑岡：說什麼了？

卞崑岡第一幕（4）

阿明：說爸爸！

崑岡：說我什麼了？

阿明：爸爸為什麼老愛看我的眼睛！

崑岡：你知道了哪個，孩子！（親之）多美的一雙眼睛（神思迷惘），我的兩顆珍珠，兩顆星。青娥，你是沒有死，我不能沒有你。佛爺是慈悲的。這是佛爺的舍利子！

阿明：爸爸，怎麼了？跟誰說話了，我害怕！

崑岡：（驚醒）不怕，孩子。我——我想你的娘哪！

阿明：我娘她不回來了。

崑岡：你是她給我的。

阿明：爸爸，我要是沒有我這雙眼睛，你還疼我不？

崑岡：別說胡話，怎麼會沒有這雙眼睛，我的寶貝。

阿明：就像那關帝廟前小屋子裡那彈琵琶的老周。

崑岡：你說那老瞎子？

阿明：是呀，要是我同他一樣瞎了眼怎麼好，那你一定不愛我不疼我了，我知道！

崑岡：不許說，小腦子裡哪來這些怪念頭！

阿明：我不說了，我就要爸爸老是這麼疼我，老陪著我玩，老愛看我的眼睛！

崑岡：親兒子！

卞母：（自內）吃飯了，阿明。快來！

崑岡：奶奶叫吃飯了，快去。小黑驢兒也還沒有吃哪。奶奶管你，我得管它。你去罷。

阿明：爸爸，咱們說著話這天都黑了，什麼都看不見了，我怪害怕的。

崑岡：有我呢，有你爸爸。……到時候了，你先去罷。

阿明：你也就來罷？

崑岡：就來。

（崑岡起身出木門解驢身鞍座，臺上已漸昏暗，屋內點有燭火，卞母咳嗽聲可聞。卞母出）。

卞母：崑岡！

崑岡：（自木門入院）娘，你叫我？

卞母：快來吃飯罷，你也該歇歇了。

崑岡：來了，娘。

卞崑岡第二幕（1）

布景
雲岡附近一山溪過道處，有樹，有石。因大旱溪涸見底，遠處有鑿石聲。時上午十時。石工甲乙上。

甲：這天時可受不了！卞老師這是逼著我們做工。

乙：天時倒沒有什麼，過了端午也該熱了。倒是這老不下雨怎麼得了？整整有四個月了，可不是四個月。打二月起，一滴水都沒有見過，你看這好好的樹都給燒乾了！這泉水都見了底了！老話說的「泉水見了底，老百姓該著急，」這年成怕有點兒彆扭。息息走罷，這樹林裡涼快。

甲：息息，息息。啊唷，這滿身的汗就不用提了！（坐石上）你抽菸不？（撿石塊打火點菸斗）

乙：我說老韓，這幾天老卞準是有了心事了。

甲：你怎麼知道？

乙：瞧他那樣兒就知道。他原先做事不是比誰都做得快，又做得好。瞧他那勁兒！見了人也有說有笑的。這幾天他可換了樣了，打前兒個家裡回來，臉上就顯著有心事，做事也沒有勁。昨兒個不是把一尊佛像給雕壞了？該做事的時候也不做事，老是一個人走來走去，搔頭摸耳的。要沒有心事他怎麼會平空變了相兒呢？

甲：對了對了，給你這一說破我也想起來了。昨兒不是嗎，我吃了晚飯出來，見他一個人在那塊石頭上坐著，身子往前撞著，手捧著臉，眼光直髮呆，像看見又像看不見，我走過去對他說「卞師父，吃了飯沒有？」他不能沒聽見，可是他還是那麼愣著，活像是一尊石像。回頭我聲音嚷高了，我說「喂，卞師父，怎麼了？睡著了還是怎麼著？」他這才聽見了，像是做夢醒了似的站起來說「老韓，是你嗎？」你說得對，要沒有心事，他絕不能那麼愣著。

（樹林外有弦聲，甲乙傾聽。）

乙：又是他，又是他！

甲：誰呀？

乙：那彈三弦的老瞎子。誰也不知道他是哪兒來的。他住在那什麼關帝廟前的一間小屋子裡。也沒有鋪蓋，也沒有什麼，就有他那三弦，早晚出來走道兒，就拿在手裡彈。也不使根棍兒，可從來不走錯道。有人說他是神仙，有人說他算命準極了，反正他是有點兒怪。

甲：他這不過來了嗎？

（瞎子自石邊轉出，手彈三弦。坐一石上）

乙：我們問問他，好不好？

甲：問他什麼？

乙：問他——幾時下雨。

甲：好，我來問他。（起身行近瞎子）我說老先生，您上這兒來有幾時了？

瞎：我來的時候天還下著雪，現在聽說石榴花都快開過了——時光是飛快的。

甲：聽說您會算命不是？

瞎：誰說的？命會算我，我不會算命。我是個瞎子，我會彈三弦，命——我是不知道的。

甲：（回顧乙）這怎麼的？

乙：（走近）別說了，人家還管你叫活神仙呢！街坊那胡老太太不是丟了一個雞來問你，你說「不丟不丟，雞在河邊走」，後來果然在河邊找著了不是？別說了，是瞎子還有不會算命的？咱們也不問別的，就這天老不下雨，莊稼都快完了，勞您駕給算算哪天才下雨？

瞎：什麼？

甲乙：（同）哪天下雨？

瞎：下雨，下雨，下血罷，下雨！

甲乙：（同）您說什麼了？（指天）下雪？

瞎：你們說下雨，我說下血，說什麼了！

甲乙：（驚）下血？（指手）

瞎：對呀，下血，下血，下血！

（甲乙驚愕，相對無言，卞崑岡與嚴老敢自左側轉出。見瞎子，稍停步復前）

卞：老韓，他說什麼了？

甲乙：（同）我說是誰，是卞老師跟嚴大哥！

卞：他說什麼了？

乙：我們問他哪天下雨，他不說哪天下雨，倒還罷了，他直說下血，下血，下血，他又不往下說，你說這叫人多難受，什麼血不血的。

卞：你們知不知道哪天下雨？

甲乙：不知道呀。

卞：還不是的，你們不知道，他怎麼能知道？

卞崑岡第二幕（2）

瞎：對呀，你們不知道我怎麼能知道！

甲乙：（怒）你倒是怎麼回事，人家好好的請教你，你倒拿人家開心，活該你瞎眼！

瞎：瞎眼的不是我一個，誰瞎眼誰活該，哈哈。

甲乙：（向卞）卞老師，你說這瞎子講理不講理？

卞：得，得，這大熱天鬧什麼的，你們做工去罷。

甲乙：（怒視瞎子）真不講理！（同下）

瞎：講理，這年頭還有誰講理！

卞：得，你也少說話。

瞎：誰還愛說話了罷！他們不問我，我還不說哪！哈哈哈。

嚴：不管他了，老師，還是說我們的。這邊坐坐罷。

（卞嚴就左側石上坐。瞎子起，摸索至一樹下，即倚樹坐一石上，三弦橫置膝上，作睡狀。）

卞：咳！

嚴：師父有心事，可以讓老敢知道不？

卞：不是心事，倒是有點兒——為難。

嚴：什麼事為難，有用老敢的地方沒有？

卞：多謝你的好意，老敢，這事兒不是旁人可以幫忙的。

嚴：那麼你倒是說呀，為什麼了，老是這唉聲嘆氣的？

卞：也不為別的。你是知道我的，老敢。我不是一個隨便的人，你是知道的。也不是忘恩負義的人。青娥真是好，我們夫妻的要好，街坊哪一個不知道？她是產後得病死的，阿明長不到六個月就沒有了娘，是我和老太太費了多大的心才把這孩子領大的。

嚴：阿明真是個好孩子。

卞：阿明今年八歲，我的娘今年六十三。可憐她老人家苦過了一輩子，這幾年身體又不見好，阿明又大了，穿的吃的，哪樣不叫她老人家費心？咳，也難怪她，也難怪她！……她原先見我想念青娥，她就陪著我出眼淚，她總說，「快不要悲傷了，崑岡，這孩子就是青娥的化身，我們只要管好了他，青娥也可以放心了。」後來她看我滿沒有再娶的意思，她就在說話上繞著彎兒要我明白。咳，我又何嘗不明白呢？青娥在著的時候，她好歹有一個幫助，婆媳倆也說得來，誰家婆媳有我們家的要好？青娥一死，一家子的事情就全得我娘來管。我又不能常在家，在家也不成，只是添她老人家的累，吃的喝的，都是她。早兩年身體還要得，家事也還可以對付。去年冬天的那一病，可至少把她病老了十年，現在走道兒都顯著不靈便。她自己也知道，常對我說「崑岡，我是不成的了呢。」我聽了她的話我心都碎了。她呀，打頭年起，就許我不回家，我要一回家，她就得嘮叨。

嚴：她要你——

卞：可不是。她要我再娶媳婦。我這條心本來是死了的。每回我看著阿明那一雙眼睛，青娥就回到了我的眼前。我和青娥是永遠沒有分離過的，我怎麼能想到另娶的念頭？可是我的娘呀，她也有她的理由。她說她自己是不中用的了，說不定哪天都可以……可是一份家是不能不管的，阿明雖則機靈，年紀究竟小，還得有人領著，萬一她要有什麼長短，我們這份家交給誰去，她說。她原先說話是拐著彎兒的，近來她簡直的急了，敞開了成天成晚地勸我。「阿明不能沒有一個娘，」她說，「你就不看我的面上，你也得替阿明想想，」她說。「誰家男人有替媳婦兒守寡的，」她說，「你為青娥守了快八年了，這恩義也就夠厚的了，青娥絕不能怪你，你真應得替活著的想想才是呢。」她說。這些話成天不完的嘮叨，你說我怎麼受得了？老敢！

嚴：真虧你的，師父。我聽了都心酸，老太太倒真是可憐，說的話也不是沒有理。本來麼，死了媳婦兒重娶還有什麼不對的，現在就看您自己的意思了。您倒是打什麼主意？

卞：這就是我的為難。說不娶罷，我實在對不住我的娘，說娶罷，我良心上多少有點兒不舒泰。近來也不知怎麼了，也許是我娘的緣故，也許是我自己什麼，反正說實話，我自己也有點兒拿把不住了——

嚴：師父！

卞：（接說）原先我心裡就有一個影子，早也是她，晚也是她。青娥，青娥，她老在我心裡耽著。近幾天也不知怎麼了，就像青天裡起了雲，我的心上有點兒不清楚起來了。我的娘也替我看定了人，你知道不，老敢？

卞崑岡第二幕（3）

嚴：是誰呀？

卞：就是——就是我們那街坊李七妹……

嚴：（詫異）李七妹，不是那寡婦嗎？

卞：就是她。

嚴：她怎麼了？

卞：我不在家，她時常過來看看我的娘，陪著她說說笑笑的。她是那會說話，愛說話，你知道。原先我見著她，我心裡一式兒也沒有什麼低哆，可是最近我娘老逼著我要我拿主意，又說七妹怎麼的能幹，怎麼的會服侍，這樣長那樣短的，說了又說，要我趁早打定了主意。要不然她那樣活鮮鮮的機靈人還怕沒有路走，沒有人要嗎，我娘說。我起初只是不理會，禁不得我娘早一遍晚一遍的，說得我心上有點兒模糊了。我又想起青娥，這可不能對不住她，我就閉上眼想把她叫回來，見著她什麼邪念都惱不著我。可是你說怎麼了，老敢，我心上想起的分明是青娥，要不了半分鐘就變了相，變別的還不說，一變就變了她……

嚴：她是誰？

卞：可不是我們剛才說的那李七妹嗎？還有誰？

嚴：把她趕了去。

卞：趕得去倒好了，我越想趕她越不走，她簡直是耽定了的，你說這是怎麼回事？

嚴：您該替阿明想想。

卞：可不是，要不為阿明，我早就依了我娘了。哪家的後母都不能歡喜前房的子女，我看得太寒心了，所以我一望著阿明那孩子，我的心就冷了一半。

嚴：嘸，還是的！

卞：可是我娘又說，她說李七妹是頂疼阿明的，她絕不能虧待他。有一個娘總比沒有娘強，她說。

嚴：師父！

卞：怎麼了？

嚴：我也明白您的意思了。您多半兒想要那姓李的。

卞：可是——

嚴：可是，我說實話，那姓李的不能做阿明的娘，也不配做師父的媳婦。趁早丟了這意思。師父要媳婦，哪兒沒有女人，幹嘛非是那癲狂陰狠的寡——

卞：別這麼說，人家也是好好的。

嚴：好好的，才死男人就搽胭脂粉！

卞：那是她的生性。

嚴：（詫視）師父，您是糊塗了！

（林外一女人唱聲）

卞：聽，這是什麼？

瞎：（似夢囈）下雨，下雨，下血罷，下雨！

卞：（驚）怎麼，他還沒有走？

嚴：他做著夢哪！

（唱聲又起，漸近。）

卞：（起立）喔，是她！

嚴：是誰？

卞：可不就是她，李七妹。

嚴：喔，是她！

（李七妹自右側轉入，手提水吊，口唱歌）

李：（見卞現驚喜色）唷！我說是誰，這不是卞爺麼？

卞：（起立）喔，李嫂子。

李：（微慍）什麼嫂子不嫂子的，我名字叫七妹，叫我七妹不就得了。

卞：（微窘）你怎麼會上這兒來呢？

李：你想不到不是！我告訴你罷，我姑母家就在前邊，昨兒她家裡有事，把我叫來幫幫忙兒的。這天乾得井水都吃不得了，我知道這兒有泉水，我溜踏著想舀點兒清水回去泡一碗好茶吃。誰知道這太陽凶得把這泉水都給燒乾了，我說唷，這怎麼的，難道這山水都沒了，我就沿著這條泉水一路上來。這一走不要緊，可熱壞了我了，我瞅著這兒有樹，就趕著想涼快一忽兒再走，誰知道奇巧的碰著了卞爺你！唷，可不是，這裡該離大佛寺不遠兒了，那不就是您做工的地方麼？

卞：不錯，就差一里來地了。

李：（看嚴）這不是——嚴大哥麼？

卞：是他。

李：唷，你好，咱們老沒有見了。

嚴：好您了，李嫂。

李：我說這不是你們正做工的時候，你們怎麼有工夫上這兒來歇著。

卞：我們打天亮就做工，到了九十點鐘照例息息再做。我們也是怕熱，順道兒下來到樹林裡坐坐涼快涼快的。您不是要舀水麼？

李：是呀，可是這山溪都見了底了，哪有一滴水？

卞崑岡第二幕（4）

卞：這一帶是早沒有了，上去半裡地樣子還有一個小潭子，本地人把它叫做小龍潭的。多少還有點兒活水，您要水就得上那邊兒舀去。

李：可是累死我了，再要我走三兩里地，還提留著小吊子，我的手臂也就完了！

卞：那您坐坐罷，這石頭上倒是頂涼的。

李：多謝您了，卞爺！

卞：（看嚴，嚴面目嚴肅）這麼著好不好，您一定要水的話，就讓嚴老敢上去替您取罷。

李：（大喜）唷，這怎麼使得！嚴大哥不是一樣得累（看嚴，嚴不動）不，多謝您好心，卞爺，我還是自己去罷……

卞：要不然就我去罷。（向李手取水吊）

李：（遲頓）我怎麼讓您累著，我的卞爺。

卞：咱們跑路慣著的，這點兒算什麼。（取水吊將行，嚴向卞手取水吊）

嚴：師父，還是我去。

卞：（略頓）好罷，你去也好。

李：太費事了，嚴大哥，太勞駕了！

嚴：（已走幾步，忽回頭）師父，您還是在這兒耽著，還是您先回去？

卞：（視李）快點兒回來罷，我在這裡等著你哪。

（嚴目注卞李有頃，自左側下）

（卞李互視，微窘，李坐石上）

李：卞爺，您不坐？

卞：我這兒有坐。

李：卞爺，您老太太近來身體遠沒有從前好了似的？

卞：差遠了。

李：阿明那孩子倒是一天一天長大了。
卞：長大了。
李：孩子倒是真機靈。
卞：機靈。
李：奶奶一個人要管他吃管他穿的，累得了麼？
卞：頂累的。
李：卞爺！
卞：李——七妹！
李：街坊誰家不說卞爺真是個好人。
卞：我？
李：可不是，您太太真好福氣。
卞：死了還有什麼福氣？
李：人家只有太太跟老爺守節的，誰家有老爺跟太太守節的——卞爺，您真好！
卞：嘸……
李：真難得，做您太太死了都有福氣的……

卞：嘸……

李：可不是，女人就怕男人家心眼兒不專，俗話說的見面是六月，不見面就是臘月，誰有您這麼熱心？

卞：七妹！

李：卞爺！

卞：（頓）您幾時回家去？

李：您幾時回家去？

卞：我明兒不走後兒走。

李：我哪天都可以走，您帶著我一夥兒回去不好麼？上次我跟王三嫂回得家頂晚怪怕人的。有您那麼大個兒的在我邊兒上，我什麼都不怕了。

卞：老敢該回來了罷。

李：他倒是腿快，卞爺您真有心思，省了我跑，這大熱天多累人。回頭他回來了，您就陪著我上我姑母家去喝一杯茶不好麼！就在這兒，不遠兒的。

卞：我不去罷。

李：那怕什麼的。那家子又沒有人，您喝口水再回去做工不好？

卞：嘸……

瞎：（似夢）你們不問我，我還不說哪，誰願意多嘴多煩的？

（卞李驚視。嚴提水吊自左側轉上，汗滿頭面，卞李起立）

嚴：來您了！

李：這不太勞駕了，嚴大哥！（向卞）我們走罷。

嚴：師父，您還上哪兒去，今兒您不該雕完那尊像麼？

卞：我陪著李嫂去去就來，你先回去罷。

（卞自嚴手接水吊，與李自右側下。嚴兀立目注二人，作沉思狀。）

嚴：糟！

瞎：（挈三弦起立）下雨，下雨，下血罷，下雨！（彈弦自右側下，弦聲漸遠。

嚴兀立不動，幕徐下。）

卞崑岡第三幕（1）

布景

卞崑岡家，如第一景。院中置長桌設筵。卞娶李七妹後，卞母即死，是日為卞生辰，其工友及鄰居群集為卞祝壽。幕升時酒已半酣，卞崑岡居中坐，左七妹，右阿明。外客嚴老敢外有石工甲乙二人，鄰居王三嫂，及尤某共八人，分座左右，兩端右坐嚴老敢，左坐尤某。

幕起時鬧酒聲喧，工友甲乙正勸卞盡杯。七妹默坐無言，偶目注尤某，嚴老敢覺之，亦鎮靜寡言笑。

甲乙：（同）王三嫂，你說對不對，今兒個卞老師非得敞開了大唱。他們結了婚老太太就故了，咱們也沒有得喝一回鬧酒，今兒個可得盡興的鬧一鬧哪。這生日也不比往常的，今日個不樂哪天去樂。王三嫂，卞老師，喝，喝，大家麻利點兒……直著嗓子，來，我喝個樣兒給你們看看！乾……乾！卞老師，怎麼了，怎麼了，不乾我們可不答應……（卞乾杯）

甲乙：（相視私語）好，第十八杯了！

卞：（醉）喝，喝，還得喝，酒來，酒來！

李：（止之）少喝點兒罷，又該撒酒瘋了！

卞：（起立）哈哈，你們聽見了沒有，她要我少喝點兒，怕我發酒瘋？我老卞今兒個還是第一天快活，不敞開了喝一個痛快怎麼著？老太太在著，她許不讓我喝酒，你（指七妹）怎麼能不讓我喝酒……你不讓我喝，我偏喝。來，老韓，給斟上了，滿滿的，來，大家來。王三嫂，您也來一口罷，大家湊合熱鬧。尤先生，不要那文縐縐的，也得來一杯。老敢，你怎麼了，乾坐著發愣，有什麼心事了嗎？哈哈哈，來來來，大家來！（喝）乾！（合座皆舉杯，甲乙歡呼，尤略附和，王三嫂亦醉笑。老敢獨喝悶酒，不笑也不語。七妹擎杯不飲，若有所思。阿明注視其父，訝其變常）又沒有酒了！（取酒器給七妹）勞駕太太，再給我們燙一罐來，熱熱的（七妹接器起離座，悻悻然，目瞟尤某，入屋內）阿明，阿明，你奶奶呢？你奶奶呢？

阿明：奶奶？奶奶不是在大佛寺嗎？媽媽早死了，爸爸！

卞：死了，娘，我的親娘，你兒子沒有孝順著你，你老人家怎麼的就去了！娘呀！

王三嫂：娘，卞爺，這怎麼了，真醉了麼，大喜日子哭什麼了？老太太還不是頂有福氣的，你哭什麼了？別，回頭七妹又該多心了，咱們今兒個算是替你們賀新房哪，韓大哥，對不對？

甲乙：可不是鬧新房來了？咱們且不走哪，今晚要鬧得你們睡不了覺，您試試，哈哈哈哈！

卞：新房，誰做了新郎了？

甲乙：（互語）他真醉了！誰做了新郎了，這多可樂？卞師父，你猜猜誰是新郎？哈哈哈！

卞：（惝恍）阿明，我要看你的眼睛，我要看你娘的眼睛，你娘的眼睛。（抱阿明）你們看看，這孩子多美，這雙眼睛多美！誰是新郎，倒運的！（時七妹已取酒就席，聽卞言，怔立其旁，卞諦視之，忽笑作媚語）我說是誰，原來是青娥。青娥，我的妹子，我的太太。這是你我的兒子阿明，你瞧有這麼大了，多美的一個孩子。你不疼他麼，你怎麼不親他？

阿明：爸爸，你怎麼了，你認錯人了，她不是我的娘，她是你的新娘子，我沒有娘，我沒有娘！（伏卞胸前啼。座客皆驚詫）

七妹：（憤甚妒甚，冷笑）好兒子，好太太！本來麼，死骨頭都是香的！咱們哪配？

卞：（惝恍）青娥，青娥，你不要罵我，你不要怪我，不是我無情，那是老太太她非得我……她說阿明不能沒有娘，好孩子，他這算是有娘了，哈哈哈！（對七妹）青娥，你，你怎麼的不說話呀？

李：（厲聲）別你媽的活見鬼了！你老娘是活人，不是死鬼，什麼青娥黃娥的，你上墳堆裡找去，纏不了我！（離座去棗樹左側，尤走近之，嚴注視）

尤：（低聲）不要在這兒鬧。

李：你瞧，這我怎麼受得了！也是我倒了霉了！（繞樹出木門，尤隨之，時座客紛紛勸卞，有私語者，有嚷取茶解酒者。阿明亦離座四望，嚴在其耳畔密囑，阿明亦出木門去。）

卞崑岡第三幕（2）

（卞踣然離座，倚棗樹上，老敢緩步行近，以手撫其肩。）

嚴：師父。（卞不應）師父！

卞：（舉頭望嚴，無語，眼含淚。）

嚴：要茶不？

卞：老敢——

嚴：我扶您去睡罷。

卞：老敢你——你不要笑我！

嚴：師父說什麼！

卞：我沒有聽你的話——

嚴：師父，耐住點兒。

卞：錯了，錯了！

嚴：耐住點兒。

卞：娘呀，我的娘！

嚴：看老太太份上您也得忍耐。

卞：我不怪你，娘，我怪我自己。是我糊塗，沒有聽老敢的話……青娥，你一定怪我，笑我，我是活該，活該……可是你也應得可憐我，我知道，打頭兒我就知道我是不對的，我的良心並沒有死，是我一時的糊塗，現在懊悔也嫌遲，娘，青娥，你們都得可憐我，我，我……

嚴：別！師父，客人都走了。（時座客王三嫂及甲乙見卞醉態表示驚訝，相約不別而去，臨行向嚴做手勢會意）您也該息息了，這酒喝的太多了。

卞：……可憐我……阿明，我的寶貝。你們放心，我看著他，我活著就為他，我領著他，疼他，誰都不能欺他，誰敢我就跟誰拚命，他是我的性命……老敢，你幫著我，這世界上我再沒有親人，除了我的孩子。你是我的朋友，好夥計，我知道。（攜嚴手）你一定忠心到底，你是我的臂膀！

嚴：放心，師父，老敢不是好惹的，誰敢！咱們明兒回山裡去，什麼也惹不了咱們。娘們兒就是那心眼兒小，不用跟她們一般兒見識，哪犯得著？

卞：我那阿明呢？（叫）阿明，阿明！

阿明：（自門外奔入，伏卞身上）爸爸，爸爸，我在這兒哪！

卞：（喜）好孩子，好兒子，你上哪兒去了？

阿明：（驚惶狀）爸爸！

卞：怎麼了？

阿明：（急看木門外），爸爸，他們說著話哪！

卞：他們說著話，誰是他們？

阿明：（遲疑，看嚴）爸爸你可不許告訴——

卞：告訴誰？

阿明：告訴新媽媽，回頭她打我！

卞：傻孩子，爸爸自然不說。他們是誰？

阿明：我新媽媽跟那姓尤的。

卞：她跟那姓尤的？

阿明：是。新媽媽不是罵了爸爸麼？她就出去，那姓尤的就跟了去，我也跟了去，他們走到那井邊就站住說話了。我呀，爸爸，我就躲在那棵樹下，他們沒有看見我——

卞：嘸，孩子，怎麼樣？

阿明：他們沒有看見我，我想聽聽他們說什麼話。我心裡可真害怕。

卞：你聽到他們說什麼了？

阿明：我沒有聽見。

卞：笨孩子！

阿明：他們是這麼曲曲曲曲說話的。兩個頭碰在一起，誰知道他們說什麼了。

卞：那麼你一句也沒有聽見？

阿明：我就聽見提我的名字。

卞：（驚）提你怎麼了？

阿明：他們不喜歡我，恨我。我怕，爸爸！

卞：乖孩子，他們能欺負你，有爹爹哪，還有嚴叔叔，他是你的好朋友。

阿明：（看嚴笑）嚴叔叔好！

卞：他們還說什麼了？

阿明：他們也說爸爸。

卞：說我怎麼樣？

阿明：他們也不喜歡你，他們恨你，我看他們說話的神兒我就知道。爸爸，你怕不怕？

卞：（沉思有頃）孩子，那姓尤的常來我們家嗎？

阿明：我，我不知道……

卞：你知道，怎麼不知道，來，告訴你好爸爸，乖。

阿明：我說了新媽媽要打我。

卞：你說罷，有什麼事？全告訴爸爸。

阿明：我告你，你可不能讓新媽媽知道。

卞：說罷。爸爸不在家，那姓尤的不時常上咱們家來麼？

阿明：他不來，他白天才不來哪。

卞崑岡第三幕（3）

卞：難道他晚上來？

阿明：總要天快黑他才來，偷偷的也不像個客人。他一來就在咱們的門上打兩下，新媽媽就著急似的趕出來，不是靠在木門外面就在這樹背後站著說話。他們且說哪，老說不完。他們先不讓我看見，我可早看見了。有時候他們在這裡說話，我在外邊玩兒了回來，我就偷偷的躲在一邊看他們。

卞：他們怎麼樣？

阿明：他們倆頂要好的，新媽媽跟他且比跟爸爸親熱哪。

卞：他們知道你看見了他們沒有？

阿明：他們先不知道，有一天我正想偷偷的進屋子去，給他們看見了，新媽媽就叫我，待我頂好的，那晚上，她後來問我認識那個人不，我說不，實在我早認識的，他還不是那開雜貨鋪的，白白的臉子，頂討厭的。媽就告訴我不許我對爸爸說他上咱們家來，說了她不答應我，要打我，我就說我不說，她說好，乖孩子，明兒給你做件新衣服穿，這不就是她給我做的罷，爸爸你看，頂好的！

卞：還有怎麼樣？

阿明：到明兒我到那雜貨舖門前去玩兒，那姓尤的就叫住了我，給了我一包糖，可不好吃，我先不要，他一定要我要，塞在我口袋裡。隨後他來就不避我了，有時他也到媽屋子裡去，見了我就哄我。我可不喜歡他，見了他我心裡怪害怕的，我直想對爸爸說，新媽媽可老是嚇呵我，不讓我言語，我今兒可給說了。爸爸，還是爸爸頂好，我見了新媽媽也真害怕。爸爸不是頂喜歡我的眼睛麼，她呀——

卞：（急）怎麼樣？

阿明：她可頂不喜歡我的眼睛。

卞：你怎麼知道？

阿明：我不知怎麼的，我知道她就不喜歡我的眼睛，我知道。

卞：你明兒跟我們到山裡去，好不好？

阿明：（喜跳）好極了，爸爸，好極了，爸爸。嚴叔叔，你們非得帶我去。爸爸老答應我，可老不帶我去，我不愛在家裡耽著。我害怕。

卞：為什麼害怕？怕什麼？

阿明：家裡沒有爸爸，多不好玩兒。我怕新媽媽，她不疼我，我也害怕那姓尤的。

嚴：有我哪，你怕什麼的？

阿明：（狂喜）唷，你們聽呀！

卞：嚴，聽什麼了？

阿明：老周來了！

卞：嚴，誰是老周？

阿明：那彈三弦的。聽，那不是他彈著來了！

（三弦清切可聞，音調急促而悲切，三人凝聽有頃，卞嚴若有所感。）

阿明：（跳起）爸爸，我去叫他來好不好？

卞：你怎麼認識他？

阿明：嘸，他待我頂好的，除了爸爸，就是他待我好。他每天都得打咱們門口過，彈著三弦，好聽極了。我就跟他說話，他說話頂好玩兒的，講故事，說笑話給我聽，我不是笑就是哭，哭了他就摸我的手，又說笑話！非得把我說笑了，爸爸，我們倆才好哪。他也讓我到他那小屋子裡去，好玩極了，什麼都沒有的，就是一地的草。

他也讓我弄他的三弦，他說他要教我，爸爸，你讓不讓我學，有他那麼會彈多好玩！

卞：小孩子胡說胡跑的，不許你跟生人亂說話。他要是個拐子呢？

阿明：他不是拐子，他是個好人。有一回新媽媽讓他進院子來不知說什麼了，我沒有聽懂，他也不知道說了些什麼，新媽媽就生氣了，把他攆了出去，不許他再來。他倒沒有生氣，他真是個好人。咱們讓他來罷。

（弦聲又作，調變淒緩，似已走遠。）

卞：別讓他來了，他已經走過去了。

阿明：那讓我到門口去望望他。

（阿明正開木門，七妹走進，阿明驚，退回卞處）

阿明：新媽媽回來了！（小語）爸爸，你可別說！

七妹：（悻悻然舉目看院內）好，酒鬼倒全溜了！

卞：（厲聲）你罵誰！

七妹：（驚）還在哪，我當是全死完了！

卞：（厲聲）過來！

卞崑岡第三幕（4）

七妹：你叫誰？

卞：叫你，叫誰？

七妹：我不是在這兒嗎，有什麼說的？

卞：（起立行近，七妹微卻步，嚴攜阿明手，阿明作懼態）我明兒一早回山裡去！

七妹：我沒有留你！

卞：（聲和緩）你——你得好好的替我看家。

七妹：誰偷了你的！

卞：一個人得有良心，我沒有虧待你。（聲啞）

七妹：這有什麼說的。

卞：你知道我一生的寶貝就是阿明。當初我娶你也就為了他。我娘說小孩兒非得有個母親，又說你怎麼的能幹，會當心人，我才娶你的。

七妹：好，你不娶我，我怕沒有飯吃了罷！

卞：（高聲）你聽我說。你已嫁了我，就得守我們的家規。我們家雖是窮，可是清白。老太太的勤儉你是知道的。你現在是我們家主婦，是阿明的娘，你聽著了沒有？是阿明的娘，我把我的家，我的孩子交付給你，你的責任可不是輕的。我不常在家，你得替我看好了家，看好了我的孩子。要有什麼差池，哼，女人，我可不能跟你干休！

七妹：唷，你這話多好聽！倒像是我敗了你的門風，害了你的孩子似的！好，要我看好了這樣，看好了那樣，我可受不了。你要不放心，你自個兒看去，我，我才不來管你媽的寶貝！（急步進屋）

（卞怒極，握拳露齒，嚴與阿明趨擁之。）

嚴：得，師父，跟娘們兒有什麼說的。天快晚了，咱們溜踏溜踏去。（挽卞手同出木門去，阿明獨留臺上，張顧左右，欲隨去，復止，欲進屋，復止。）

阿明：我害怕！

（三弦聲忽作，近在門際，阿明喜躍起，趨門，見瞎子立門外，露笑容。）

阿明：喔，老周！

瞎子：他們呢？

阿明：全跑了！

瞎子：好孩子，跟我來罷。

（阿明回頭探望，悄悄出門隨去。同下。三弦聲復作。）

（臺上空有頃。李七妹自屋內出，見無人，趨木門外望，口作吁響，尤自屋右側轉出。）

李：進來罷，沒有人。

（尤進門，二人作親暱狀，同至臺左側。）

尤：可別惹那姓嚴的，他那凶相兒可怕。

李：你明兒晚上來罷，他天亮就走。

尤：小心，那小孩兒沒有說什麼話罷。

李：我恨極了那小雜種了，我們非得收拾他那雙眼睛，我就恨毒了他那雙眼睛！你說的那個東西別忘了！

尤：下得了手罷？

李：怕什麼的，又沒有破綻，咱們也好敞開了玩兒。

尤：（涎臉）你讓我敞開了玩兒！（李笑披其頰，幕下）

卞崑岡第四幕（1）

布景

卞崑岡家內景。左側一門，垂有布簾。設備簡樸，一壁懸佛及觀音像。一壁供卞母靈位。桌凳而外靠左側有一小榻，上鋪布被。右側門外即前幕庭院。壁角雜置石作刀鋸器具。

幕啟時七妹獨坐右門側縫衣，頻轉眼望左門，面有得意色，間發冷笑，忽起趨左側揭門簾探身內窺，復歸坐，微喟。戶外有剝啄聲，七妹微驚，急起馳出，偕尤某同入。

七妹：誰讓你這時候來的？叫他給碰著了又該我倒楣。

尤：我知道他不在家。

李：你怎麼知道？

尤：今兒早上我看他們師徒倆騎著驢往西邊去的。

李：你知道他們上哪兒去的？

尤：求那老道去了。

李：哪一個老道，你怎麼知道？

尤：就是西山腳下火神廟裡修行的老道，會治病的。昨天我在茶館裡聽見村東那姓陳的對姓嚴的說讓老卞去試試那老道，又說非得一早去，遲了老道就不在家。又說他靈著哪，什麼疑難急症大夫治不了他全能治，他有的是古怪的祕方。今兒我起一個大早，果然見他們倆奔喪似的跑了去。（四顧）唉，那小的呢？

李：（口呶向左屋）在裡面。

尤：咱們說話他聽得見麼？

李：我才看過，正睡著哪。昨晚那瘋子哭了一宵，那小的也哭，哼，哭死也哭不活那媽的烏珠子，倒鬧得我一宵也沒有睡好。說是，倒有你的，那東西真見效！

尤：敢情，咱們動手的事兒沒有錯兒。他疑心不？

李：誰疑心？

尤：你說的那瘋子。

李：他是粗心大眼的，就是急，簡直是瘋子，可不是，這幾天他壓根兒沒有吃一碗飯！他那瘋勁兒可受不了，也算是我活該倒楣，你瞧，我這兒一個疤，（指頸根左側）可不是，這事我還沒有告訴你哪。

尤：（撫其頸）粥粥！真的有一個血印子，那是怎麼來的？

李：他生日那天不大發酒瘋麼？要不為那次發瘋，當著眾人面叫我下不來，我還不下毒手哪！那晚上更可笑了。我氣極了，晚飯也沒有吃就上床睡了，他回來自個兒弄的飯吃。後來他也來睡了，還來黏著我，我直沒有理他。好，到了半夜，你說怎麼著，他又見鬼了：打頭兒先是青鵝白鵝的胡叫，一忽兒手伸來了，直摸我這兒，嘴裡說「讓我親親你那小多多兒，讓我親親你那小多多兒」……你說是什麼，還是老太太告訴我的，他的前妻的頸子上長這麼一顆黑痣，他管它叫小多多兒。我沒睡著，直不言語，他老摸，摸來摸去的，小多多兒摸不著，倒摸得我怪癢癢的。我再也耐不住，我就罵。一罵他也醒了，一醒他就恨，本來他是恨極了我的，就拉著我使他那狗牙狠命這麼一咬，媽呀，差點兒一塊肉都叫他咬掉了，直痛了我好幾天，你說多氣人！本來你那東西弄了來，我還有點心軟，讓他這麼一瘋，好，我再不給他顏色看怎麼著！

尤：敢情你有理！可是當初誰叫你嫁他的？

李：（臉紅）什麼當初不當初的？你拿著這小拐杖幹什麼了？

尤：（笑）唷，我倒忘了，這是我送你們家的節禮！

李：什麼喲？

尤：你家出了一個小瞎子，走道兒不用得著它麼？我還是親手做的哪。

李：（笑）小鬼倒真會……唷，什麼了（聽。攜尤同趨左門揭簾內窺，復輕步走回右側）

尤：睡得著哪。老七，你說咱們這事情不礙罷？

李：他倒是容易對付，瘋一陣，痴一陣，也就完了。倒是那姓嚴的，你別看他長相粗，他有時心眼兒倒是細。打頭兒我就不敢正眼望著他。他對那姓卞的倒真是忠心，比狗還忠心，單說這幾天為了那小鬼，連他都急得出了性了。前兒個有天他帶住了我——

尤：怎麼了？

李：沒有什麼，他沒有敢明說，他彷彿是替他師父來求著我，說他是個好人，全村子都看重他，他這份家現在全得靠我，小孩沒有親娘也是怪可憐，這個那個的說了一大篇。他說話都抖著的，聽得我心直跳，就像他早知道咱們要來玩一手似的，你說怪不怪？咱們第一得防著他。我看他也注意你，你沒有覺著生日那天他老望著你麼？

卞崑岡第四幕（2）

尤：不錯，那姓嚴的是討厭，我見他也有點慌。他那兩只大眼睛直瞅著你，什麼都叫他看透了似的。他們這回回來怎麼了？

李：這回回來自然忙著那烏珠子。什麼法兒都試到了。前兒個也不知聽了誰的，拿一個什麼，那長長毛的刺猬，活著的，就這麼手拿住用刀拉出那皮裡的油，說可以擦得好。又一回更膩了，我想著都膩，姓嚴的去街上捉了一個小黑狗，拿它活剝了皮，血呀，拉拖了一地，那狗要死不死刮淋淋的叫，才叫得人難受，就拿這活狗身上剝下來的皮給塞著那孩子的腦袋上，說這樣什麼眼病都治得好。

尤：有效沒有呢？

李：有效？有效還不錯哪。白糟蹋了一條狗命，多造孽。你說老道能治嗎？

尤：老道，嘿！老仙爺老佛爺都治不了！

李：這家子我的日子可也過不了了。

尤：咱們再想法子，幹了小的再幹老的——

李：吁，你聽，這不是驢鈴兒響嗎？你快去罷！

尤：（倉皇出門）明兒晚上——

李：去罷！（尤下，七仍坐原處縫衣）

（鈴聲漸及門，卞嚴同上。卞面目憔悴，衣服不整，嚴較鎮定，然亦風塵滿身。）

卞：（入室喘息有頃，周視室內）怎麼了？

李：（冷）什麼怎麼了？

卞：阿明怎麼了？

李：我知道他怎麼了？

卞：（厲聲）他上哪兒去了？

阿明：（七未答，阿明自內室）爸爸，我在這兒睡著哪。

嚴：他睡著哪。

卞：（音慈和而顏色淒惶）你睡著哪，好孩子，你爸爸出去替你弄藥回來了。（急步入內室）孩子！

（嚴挺立室中，目送卞入內室，復注視七妹有頃，移步近之。七妹縫衣不輟。）

嚴：（鄭重）師母！

李：（驚震，舉頭強笑）唷，老敢，你也回來了，你們上哪兒去了？

嚴：山裡去——為阿明求治。我說師母，不是我放肆說句話，做人不能太沒有心——太沒有情……

李：（強笑）唷，這怎麼了？

嚴：我是個粗人，我也沒有家，我一輩子就敬重卞師父一個人，為了他的事情，我老敢什麼時候說拚命就拚命。可憐他運氣是夠壞的，死了太太，又死了老太太。阿明是他的性命，偏偏又是這怪事的眼睛出了毛病，說不定這眼睛就治不回來，我怕很難……

李：可不是，你們也算盡了心了，什麼法兒都試到了，他還是不見效，那有什麼法兒想呢？

嚴：真可恨，也不知怎麼會有這怪事兒的，總不能是有人暗地裡害（聲沉著）他罷，為什麼好好的眼睛忽然的變壞了呢？（目注七）

李：（低頭）真是，也不知怎麼了，你們上次離家的那天都還是好好的不是？你說有人算計他……

嚴：嘸……

李：別是那老瞎子罷，有人說瞎子要收徒弟就想法子挑聰明的孩子給弄瞎了，他們為了自己就顧不得人家，阿明那孩子生相也怪，他就愛跟那老瞎子說話玩兒，誰家孩子都不能跟瞎子親熱不是？

嚴：快別這麼說，那老周是好人，他跟這家子又沒有仇又沒有恨，他哪會下這樣陰險的毒手？

李：唷，這誰知道，常言說的人不可以貌相，我就最討厭那班走江湖的。……可不是麼，他初來的時候，我還讓他上咱們家算命來著，他打頭兒說話就有點兒怪，他說什麼喪門白虎，年內一定見血什麼一死的胡話，我聽氣極了，就把他攆了出去，準是他記恨了。偏偏阿明那孩子一聽著他那倒運的三弦，就非得跑出去跟他胡扯，我看他準有點兒嫌疑。

嚴：天有報應，誰造孽誰受報，王法到不了的時候自有天條，也用不著咱們胡冤枉人的。倒是老師他，我看是太可憐了。他本來是最敬佛爺的，這回他簡直是痛傷了心，阿明要是不好，他，他就此發了瘋都說不定！原來他過廟總是要拜廟的，今兒到山裡去，他對著火神爺土地直罵，他說他一輩子親手造了好幾處廟，親手雕了不知道多兒個的佛像，又是逢山拜山，見廟進香的，誰想好處不見，反而家裡出了這希奇的事情，他怎麼能不怨，他怎麼能不恨？不說別的，你不看他這幾天簡直連飯都不吃，晚上覺都不睡，眼睛裡直冒火，說話聲音都是發抖的，人家說話有時他都聽不真，師母你又是這躁脾氣，沒有得好臉子給他看。可是除了你，師母，還有誰能幫著他一點。我怕我們再不想法子舒疼舒疼他，他要再有什麼長短，師母……

卞崑岡第四幕（3）

李：（低頭不語有頃，微露焦躁。）我明白你的意思，老嚴，可是這話你別用跟我說，單瞧他瘋勁兒，誰受得了他的，我是受夠的了！

嚴：那你……

（卞自內室出）

嚴：（轉向卞）怎麼了？

卞：那符我給化在水裡給他吃了。

嚴：你沒有忘了那小包硃砂罷？

卞：沒有忘，你進去看看他去。

（嚴入內室。卞行至佛像前，握拳作憤怒態，繼低頭似自艾，復至靈位前，對遺像凝視，搖頭未感。忽轉身笑，七妹驚顧。）

卞：（指靈位）怎麼，老太太這兒茶都不用供了！活人你不管也罷了，連故世人的面前你都不該盡一點心麼？（七不語）阿明，多活靈的一個孩子，我交在你的手裡，好好的一雙眼睛，怎麼會出這怪病，我不在家，你可在家。（憤）我不問你問誰！（七不語）我這輩子就有這一個孩子，又是這雙眼睛，（悲）這雙眼睛，叫我怎麼能不心痛？（七不語）老太太，娘呀！你想不到罷，你去了不到幾個月，我們家就變成了這個樣兒，一杯茶水都沒有人管。（七不語）還有阿明，我也無非顧著您的意思，算是有了一個娘，多少可以看著他一點，唉！娘，他眼睛都快瞎了！（七不語）好，你沒有得話說，你也該慚愧了罷，女人！阿明的眼睛要是好不了，哼，你看著罷！

（卞訴說時七表情由羞轉怒，正欲發作，嚴自內室出，七逡巡出門去。）

嚴：師父，阿明說他眼睛不痛了，他要到外間來。

卞：（喜）怎麼，不痛了！好，你扶著他出來。

（嚴復入挈阿明出，阿明眼上包有白布，一手拉嚴手，一手向前捫索，卞感情激動。）

阿明：爸爸！

卞：孩子，怎麼了？嚴叔叔說你現在眼珠子不痛了，真的呀？

阿明：是不痛了，爸爸。

卞：腦袋也不昏了？

阿明：不昏了，我現在頂快活的，我一定會好的。（略頓）爸爸！

卞：（蹲伏把阿明手）孩子，怎麼著？

阿明：爸爸，你不要難過，你難過我更難過，爸爸！

卞：孩子！

阿明：我眼睛是一定會好的，爸爸。爸爸最愛我的眼睛，我知道。

卞：孩子！

阿明：爸爸，你放心，我的眼睛一定不能有毛病，我要是沒有這眼睛，爸爸你也不疼我了，那我還不如死了哪。

卞：親孩子！

阿明：爸爸你也不用跟新媽媽打架。新媽媽不在屋子裡麼？

卞：她才出去，不在屋子裡。只要你乖乖的好了，爸爸自然不難過，回頭我讓嚴叔叔買糖給你吃。

嚴：準是那老道的符有點兒道理，怎麼吃了那符水一陣子就不痛了呢？

卞：也許佛爺保佑。我們把他包的布去了看看好不好？

嚴：去了包布好不好，阿明？

阿明：好，去了試試，這回我一定看得見了，這回打你們回來我就沒有見過你們。快去了罷，爸爸。

（卞嚴合蹲侍一邊，卞解去布縛，手發震。）

阿明：怎麼爸爸你發著抖哪。

（布已解去，阿明雙目緊閉，卞嚴疑喜參半。）

卞嚴：（同）阿明！你慢慢的睜開試試！

（阿明，徐張眼，光鮮如故，卞狂喜）

卞嚴：（同）阿明，你看見我們不？

阿明：（微蹙）我——見。

（但眼雖張而瞳發呆，卞嚴相視。卞以手指劃阿明眼前，不瞬。）

卞：你真的見嗎？

阿明：不——我會見的，爸爸。

卞：那你現在還看不見？

阿明：我——見。

（卞跳起，趨室一邊，倚壁上。）

卞：明兒你見我不？

阿明：（循聲音方向舉手指）你在哪裡，爸爸。

卞：（復樂觀）老敢，你知道，他初睜開，近的瞧不見，遠的許看得見。

卞崑岡第四幕（4）

嚴：這許是的，你再試試他。

（卞空手舉起）

卞：阿明！

阿明：（現笑容）爸爸！

卞：我手裡拿著什麼東西？

（阿明略頓）

嚴：你爸爸現在手裡拿著什麼東西，你看不看見？

阿明：（微窘）我看——見。

卞：那你說呀，我手裡是什麼？

阿明：（似悟）一根棍子！

卞：（極苦痛）天呀！（更不能自持，抱頭伏牆泣。嚴亦失望。阿明倉皇，伸手向空摸索。）

阿明：爸爸，爸爸，別結，別結！（幕下）

卞崑岡第五幕（1）

景如上幕

幕時臺上全黑，唯左側內屋有油燈光，屋外有風雨聲，院內大棗樹嗚咽作響。風雨稍止，院外木門有剝啄聲，七妹自左側內院馳出，偕尤同上。

尤：喔，好大雨！我全溼了。

李：怎麼早不來，我還當你不來了哪。

尤：我還有不來的！

李：快脫了你的笨鞋，再進我屋子裡去，糊髒的！（摸一椅使坐）

尤：（坐脫鞋）脫了鞋又沒有拖鞋。

李：房裡有他的鞋，你正穿，就這穿著襪子進去罷。

尤：那小的睡了罷？

李：早睡著了。他就睡在這榻上。

尤：瘋子幾時回來？

李：還說哪，他明兒一早就回來，你今晚不到天亮就得走！

尤：不走怎麼著？

李：別胡扯了，快進去罷！

（尤七同進房，油燈亦滅。風聲又作。月光射入，正照阿明睡榻。房中有猥褻笑語聲，阿明驚醒，起坐呼喚。）

阿明：媽，媽媽！（聲止）媽媽你睡著了？（復睡下。褻聲復作，阿明疾坐起）媽媽，你那兒是誰呀？是誰跟你說著話哪？別是爸爸回來了罷？是爸爸回來怎麼沒有來看我？我曉得了，我瞎了眼，爸爸也不疼我了，我早知道他不疼我了！媽媽，媽媽，我怕，我害怕，我什麼也看不見！（屋外風怒號）這風多可怕，像是有好多人喊救命哪。媽媽，你怎麼也不答應我，我才聽見你說話的，我又不是做夢。媽媽，爸爸！媽媽，爸爸！我怕呀，我怕！（睡下取被蒙頭有頃，褻聲復作，復坐起，舉手摸索啜泣。忽抬頭睜眼，目光炯然，似有決心，潛取衣披上，摸索床頭得杖，移步及門，手觸簾，作闖入狀，復止，轉步摸索出右門去。目光轉暗，風勢復狂）。

李：（自左室內）別鬧了，不早了，趁早走罷！

（尤自室內出。捫索而行。）

尤：這多黑，天還沒有亮就趕人走！（及門）摸著了，我走了，啊。

（尤出門，即遭狠擊。）

李：（自內驚問）怎麼了？

尤：哼，是你啊，小鬼！

李：（已出房）誰？

尤：（氣喘）那小王八，小壞蛋，小瞎子，他，他想打我哪……不要緊，我已經逮住了他了……你再凶，試試，好，好膽子，想幹你的老子！

阿明：（嘶聲，極微弱，似將斃然）爸爸！

李：（亦在門邊）把他帶進屋子去！

（尤七共曳阿明入內，時天已黎明，屋內有光，隱約可辨，戶外風拂樹梢，作嗚咽聲。）

尤：（喘息）小鬼，你凶！

李：別掐他了……呀，怎麼了，阿明，阿明！不好了，死了！

尤：詐死罷，哪有這麼容易，我又沒有使多大的勁。

李：阿明，阿明！你摸摸，氣都沒了，這怎麼辦？

尤：死了也活該，誰讓他黑心要害人？

李：你倒說得容易。這事情鬧大了，怎麼好？瘋子一回來，我們還有命麼？

尤：別急，咱們想個主意。

李：你害了我了……

尤：別鬧。咱們把他給埋了，就說他自個兒跑了，好不好？

李：不成，他們找不著他還得問咱們要人。

尤：咒他媽的，咱們趁此走了不好麼？

李：上哪兒去？

尤：趕大同上火車到北京去，不就完了？

李：你能走麼？

尤：還有什麼不能的！快罷，遲了他們回來。你東西也不用拿，我有點兒錢，我們逃了命再說罷。

李：（指阿明）他呢？

尤：還管他哪，讓他躺著罷，自然有他老子來買棺材給他睡。天不早了，我們走罷。

（尤曳七踉蹌奔出，天已漸明，阿明橫臥地上不動，三弦聲忽起，阿明甦醒，強支起，手捫喉際，面上有血印汙泥。）

阿明：爸爸，爸爸！你來罷！你怎麼不來啊！（復倒臥）

瞎：（捫索入門）我早知道這家子該倒運，我早知道！阿明，阿明，你在哪兒哪？（杖觸阿明）。這是什麼？阿明！（俯身摸之）可憐的孩子！凶殘的神道，要清白的小羔羊去祭祀——這回可犧牲著了！（坐地下，抱阿明頭，置膝上，撫其胸）阿明，阿明，你有話趁早對我說罷。麻雀兒噪得厲害，太陽都該上來了。昨晚上刮了一宵的大風，一路上全是香味：殺人的香味，好淫的香味，種種罪惡的香味。可憐的小羔羊，可憐的小羔羊！醒罷，阿明。

卞崑岡第五幕（2）

阿明：（微笑）是你呀，老周！

瞎：除了我還有誰，孩子。

阿明：你是怎麼來的？

瞎：我聽見小羊的叫聲，我聞著罪惡的香味。
阿明：你說的什麼話？
瞎：下雨，下雨，這回可真下了血了。
阿明：你說的什麼話？
瞎：你爸爸幾時回來？
阿明：他今天回來，也許就快回來。
瞎：你覺著痛不？
阿明：我覺得倦，可是我很快活，有你來陪著我。
瞎：你有什麼話對你爸爸說，孩子？
阿明：對他說，我愛他，好爸爸，對他說，我想替他殺那個人，可是我氣力小，打不過他。對他說我見了我的親媽，我的眼一定看得見了。對他說，我要見他，可是我倦極了要睡了。對他說，我——愛——他——好——爸——爸……
瞎：還有什麼說的，孩子，慢點兒睡。
阿明：（音漸低）我——也——愛——你——老——周。我——想——聽——你——彈——聽——你——唱——我——要——睡——了……

瞎：（取三弦調之）好，我唱給你聽。（彈三弦，曲終阿明現笑容，漸瞑目死）。

歌：——

我是天空裡的一片雲，
偶爾投影在你的波心——
你不必訝異，
更無須歡喜——
在轉瞬間消滅了蹤影。
你我相逢在黑暗的海上，
你有你的，我有我的，方向；
你記得也好，
最好你忘掉，
在這交會時互放的光亮！

瞎：阿明，阿明！（撫其頭面，及胸）。去了，好孩子！（抱置懷中）張目前望。若有聽見，（面有喜色）再會罷，孩子！（戶外聞急驟鈴聲）最後的人回來了。

（卞嚴入室，見狀驚愕，木立不動。）

瞎：（自語）走的走了，去的去了，來的又來了……

卞：（走近）阿明，阿明！

瞎：他不會答應了。

（卞疾馳至內室，復馳出，聽瞎子自語，立定，嚴見尤所遺雨鞋，撿起察看，點頭似悟。）

瞎：我聞著罪惡的香味，我聽見小羊的叫聲。走的走了，去的去了，來的又來了。

卞：（張眼作瘋狀，嚴伸手欲前扶持之，復止）哈哈！我明白了！

（卞握拳露齒，獰目回顧，見壁間佛像，逕取摔地上，復趨靈案前，伏案跪下。）

（長號）媽呀！（踉蹌起立，雙手抱頭，行至阿明橫臥處，伏地狂吻之）阿明，阿明，我的親孩子！（復起立。狂笑）哈哈——哈哈——哈哈……

（自語）走的走了，去的去了，來的又來了。（忽示決心，疾馳出門）

嚴：（卞狂叫時木立不動，似有所思，見卞出，驚叫）師父，不忙，還有我哪！

卞：（復入，立開口）老敢！（嚴未應，卞復馳出。嚴隨出。戶外有巨聲）

瞎：好的，又去了一個！

（嚴回入室，手抱頭悲痛，忽抬頭。趨壁角撿得利刀，環顧室內，疾馳出門）

瞎：好的，報仇！好的，報仇！血，還得流血！（撫阿明）好好睡罷，孩子，沒有事了！（取三弦彈，幕徐下）

生命閃耀出最美的光芒——小曼日記

三月十一日

一個月之前我就動了寫日記的心，因為聽得「先生」們講各國大文豪寫日記的趣事，我心裡就決定來寫一本玩玩，可是我不記氣候，不寫每日身體的動作，我只把我每天的內心感想，不敢向人說的，不能對人講的，藉著一支筆和幾張紙來留一點痕跡。不過想了許久老沒有實行，一直到昨天摩叫我當信一樣的寫，將我心裡所想的，不要遺漏一字的都寫了上去，我才決心如此的做了，等摩回來時再給他當信看。這一下我倒有了生路了，本來我心裡的痛苦同愁悶一向逼悶在心裡的，有時候真逼得難受，說又沒有地方去說；以後可好了，我真感謝你，借你的力量我可以一洩我的冤恨，鬆一鬆我的胸襟了。以後我想寫什麼就可以寫什麼，反正寫出來也不礙事，不給別人看就是了。本來人的思想往往會一忽兒就跑去的，想過就完，現在我可要留住它了，不論什麼事想著就寫，只要認定一個「真」字，以前的一切我都感覺到假，為什麼一個人先要以假對人呢？大約為的是有許多真的話說出來反要受人的譏笑，招人的批評，所以嚇得一般人都迎著假的往前走，結果真純的思想反讓假的給趕走了。我若再不遇著摩，我自問也要變成那樣的，自從我認識了你的真，摩，我自己羞愧死了，從此我也要走上「真」的路了。希望你能幫助我，志摩！

昨天摩出國，我本不想去車站送他，可是又不能不去，在人群中又不能流露出十分難受的樣子，還只是笑嘻嘻的談話，恍惚滿不在意似的。在許多人的目光之下，又不能容我們單獨的講幾句話。這時候我又感覺到假的可惡，為什麼要顧慮這許多，為什麼不能要說什麼就說什麼呢？我幾次想離開眾人，過去說幾句真話，可是說也慚愧，平時的決心和勇氣不知都往哪裡跑了，只會淚汪汪的看著他，連話都說不出口來。自己急得罵我自己，再不過去說話，車可要開了；那時我卻盼望他能過來帶我走出眾人眼光之下，說幾句最後的話，誰知他也是一樣的沒有勇氣。一雙淚汪汪的眼睛只對著我發怔，我明知道他要安慰我，要我知道他為什麼才棄我遠去，他有許多許多的真話、真的意思，都讓社會的假給碰回去了，便只好大家用假話來敷衍。那時他還走過來握我的手，我也只能苦笑著對他說「一路順風」。我低頭不敢向他看，也不敢向別人看，一直到車開，我還看見他站在車頭上向我們送手吻（我知道一定是給我一個人的）。我直著眼看，只見他的人影一點一點糊塗起來，我眼前好像有一層東西隔著，慢慢的連人影都不見了，心裡也說不出是什麼味兒，好像一點知覺都沒有了似的，一直等到耳邊有人對我說「不要看了，車走遠了」，我才像夢醒似的回頭，看見人家都在向著我笑，我才很無味的回頭就走。走進車子才知道我身旁還有一個人坐著。他（王賡）冷冷對我說：「為什麼你眼睛紅了？哭嗎？」咳！他明知我心裡有說不出的難受，還要假意兒問我，慪我；我知道他樂了，走了我的知己，他還不樂？

回家走進了屋子，四面都露出一種冷清的靜，好像連鐘都不走了似的，一切都無聲無嗅了。我坐到書桌上，看見他給我的信、東西、日記，我拿在手裡發怔，也不敢去看，也不想開口，只是呆坐著也不知道自己要做點什麼才好。在這靜默空氣裡我反覺得很有趣起來，我希望永遠不要有人來打斷我的靜，讓我永遠這樣的靜坐下去。

昨天家裡在廣濟寺做佛事，全家都去的，我當然是不能少的了，可是這幾天我心裡正在說不出的難過，還要我去酬應那些親友們，叫我怎能忍受？沒有法子，得一個機會我一個人躲到後邊大院裡去清靜一下。走進大院看見一片如白晝的月光，照得欄杆、花、木、石桌，樣樣清清楚楚，靜悄悄的一個人都沒，可愛極了。那一片的靜，真使人能忘卻了一切的一切，我那時也不覺得怕了，一個人走過石橋在欄杆上坐著，耳邊一陣陣送過別院的經聲、鐘聲、禪聲，那一種音調真淒涼極了。我到那個時光，幾天要流不敢流的眼淚便像潮水般的湧了出來，我哭了半天也不知是哭的什麼，心裡也如同一把亂麻，無從說起。

今天早晨他去天津了。我上了三個鐘頭的課，先生給我許多功課，我預備好好的做起來。不過這幾天從摩走後，這世界好像又換了一個似的，我到東也不見他那可愛的笑容，到西也不聽見他那柔美的聲音，一天到晚再也沒有一個人來安慰我，真覺得做人無味極了——為什麼一切事都不能遂心適意呢？隨處隨地都有網包圍著似的，使得手腳都伸不開，真苦極了。想起摩來更覺惆悵，現在不知道已經走到什麼地方了，也許已過哈爾濱了吧。昨晚廟裡回來就睡下，閉著眼細細回想在廟後大院子裡得著的那一忽兒清閒，連回味都是甜的。像我現在過的這種日子，精神上、肉體上，同時的受著說不出的苦，不要說不能得著別人一點安慰與憐惜，就是單要求人家能明白我、了解我，已是不容易的了！

今天足足地忙了一天，早晨做了一篇法文，出去買了畫具，飯後陳先生來教了半天，說我一定能進步得快，倒也有趣。晚飯時三伯母等來請我去吃飯，M、L也來相約，我都回絕她們了，因為我只想一個人靜靜的坐坐，況且我還要給摩寫信。在燈下不知不覺的就寫了九張紙，還是不能盡意，薄薄的幾張紙能寫得上多少字呢？

臨睡時又看了幾張摩的日記，不覺又難受了半天。可嘆我自小就是心高氣傲，想享受別的女人不大容易享受得到的一切，而結果現在反成了一個一切都不如人的人。其實我不羨富貴，也不慕榮華，我只要一個安樂的家庭，如心的伴侶，誰知連這一點要求都不能得到，只落得終日裡孤單的，有話都沒有人能講，每天只是強自歡笑的在人群裡混。又因為我不願意叫人家知道我現在是不快樂、不如意，所以我裝著是個快樂的人，我明知道這種辦法是不長久的，等到一旦力盡心疲，要再裝假也沒有力氣了，人家不是一樣會看出來的嗎？所幸現在已有幾個知己朋友們知道我、明白我，最知我者當然是摩！他知道我，他簡直能真正的了解我；我也明白他，我也認識他是一個純潔天真的人，他給我的那一片純潔的愛，使我不能不還給他一個整個的、圓滿的、永沒有給過別人的愛。

三月十四日

昨天忙了一天，起身就叫娘來趕了去，叫我陪她去醫院，可是幾件事一做，就晚了來不及去了。吃了飯回家寫了一封信給摩，下午S來談話，兩人不知不覺說到晚上十一點才走，大家有相見恨晚的感想，痛快得很。

三月十七日

可恨昨天才寫得有趣的時候，他忽然的回來了。我本想一個人舒舒服服的過幾晚清閒的晚上的，藉著筆洩洩心裡的愁悶，誰知又不能如願。W、C都來過，也無非是大家瞎談一陣閒話，一無可記的，倒是前天S的幾句話，引起我無限的悵惘。我現在正好比在黑夜裡的舟行大海，四面空闊無邊，前途又是茫茫的不知何日才能達到目的地。也許天空起了雲霧，吹起狂風，降下雷雨，將船打碎沉沒海底永無出頭之日；也許就能在黑霧中走出個光明的月亮，送給黑沉沉的大海一片雪白的光亮，照出了到達目的地去的方向。所以看起來一切還須命運來幫忙，人的力量是很有限的。S說當初他們都不大認識我的，以為不是同她們一類的，現在才知道我。咳，也難怪！我是一個沒有學問的很淺薄的女子，本來我同摩相交自知相去太遠，但是看他那樣的痴心相向，而又受到了初戀的痛苦，我便怎樣也不能再使他失望了。摩，你放心，我永不會叫你失望的就是，不管有多少荊棘的路，我一定走向前去找尋我們的幸福，你放心就是！

S走後，我倒床就哭，自己也不知道何處來的那許多眼淚，我想也許是這一個禮拜實在過得太慢了，太悽慘了，以後的日子不知怎樣才能度過呢？昨天接著摩給娘的信，看得我肝腸寸斷了，那片真誠的心意感動了我，不怕連日車上受的勞頓，在深夜裡還趕著寫信，不是十二分的愛我怎能如此？摩，我真感謝你。在給我的信中雖然沒有多講，可是我都懂得的。愛！你那一個字一個背影我都明白的，我知道你一字一淚，也太費苦心了，其實你多寫也不妨。我昨晚得一夢，早知你要來信，所以我早預備好了，不會叫他看見的。我近日常夢見你，摩，夢見你給我許多梅花，又香，又紅，又甜，醒來後一切都有了，可是那時我還閉著眼不敢動（怕嚇走了甜蜜的夢境），來回的想——想起我們在月下清談的那幾天是多有趣呀！現在呢？遠在千里外，叫亦不聽見；要是我們能不受環境的壓迫，攜手同遊歐美，度我們理想的日子，夠多美呢！到今天我有些後悔不該不聽你的話了。

剛才念信時心裡一陣陣的酸，真苦了你了！我的愛，我害你了，使你一個人冷清清的受那孤單旅行的苦，我早知道沒有人照顧你是不行的，你看是不是又著涼了？我真不放心，不知道有什麼法子可以使得你自己會當心一點冷暖才好，你要知道你在千里外生病，叫我怎能不急得發暈？

今天是禮拜，我偏有不能辭的應酬，非去不可，但是我的心直想得一個機會來靜靜的多寫幾張日記，多寫幾行信，哪有餘來做無謂的應酬？難怪我一晚上鬧了幾個笑話，現在自己想想都是可樂的，「心無二用」這句話真是透極了，一個人只要心裡有了事，隨便做什麼事都要錯亂的。

S說，男女的愛一旦成熟結為夫婦，就會慢慢地變成怨偶的，夫妻間沒有真愛可言，倒是朋友的愛較能長久。這話我認為對極了，我覺得我們現在精神上的愛是不會變的，我也希望我們永遠做一個精神上的好朋友，摩，不知你願否？我現在才知道夫妻間沒有真愛而還須日夜相纏，身體上受的那種苦刑是只能苦在心，不能為外人道的。我今天寫得很舒服，明天恐怕沒有機會了，因為早晨須讀書，飯後隨娘去醫院，下午又要到妹妹家去，晚上又是那法國人請客，許多不能不去做的事又要纏著一整天，真是苦極了。

三月十九日

你瞧！一下就連著三天不能親近我的日記。十六那天本想去妹妹家的，誰知是三太太的生日，又是不能不去，在她家碰見了寄媽，被她取笑得我淚往裡滾。摩！我害了你了，我是不怕，好在叫人家說慣了，罵我的人、冤枉我的人也不知有多少，我反正不與人爭辯，不過我不願意連你也為我受罵。咳！我真恨，恨天也不憐我，你我已無緣，又何必使我們相見，且相見而又在這個時候，一無辦法的時候！在這情況之下真用得著那句「恨不相逢未嫁時」的詩了。現在叫我進退兩難，丟去你不忍心，接受你又辦不到，怎不叫人活活的恨死！難道這也是所謂天數嗎？

今天是S請吃飯，有W、H等幾個人的清談，倒使我精神一暢呢！回家就接著你由哈爾濱寄來的一詩，咳！真苦了你了。我知道你是那樣的淒冷，那樣的想念我，而又不能在筆下將一片痴情寄給我，連說話都不能明說，反不如我倒可以將胸中的思念一字一句都寄給你，讓你看了舒服，同時我也會感覺著安慰。因此我就想到你不能說的苦，慢慢的肚子一定要脹破的。不過你等著信的地址。今晚我無意中說了一句「這個禮拜為什麼過得這樣慢」，W他們都笑起來，我叫他們笑得臉紅耳熱，越的難過了，因為我本來就不好過，叫他們再一取笑，我真要哭出來了，還是S看我可憐救了我的。

三月二十二日

昨天才寫完一信，T來了，談了半天。他倒是個很好的朋友，他說他那天在車站看見我的臉嚇一跳，蒼白得好像死去一般，他知道我那時的心一定難過到極點了。他還說外邊謠言極多，有人說我要離婚了，又有人說摩一定是不真愛我，若是真愛絕不肯丟我遠去的。真可笑，外頭人不知道為什麼都跟我有緣似的，無論男女都愛將我當一個談話的好材料，沒有可說也得想法造點出來說，真奇怪了。T也說現在是個很好的脫離機會，可是娘呢？咳，我的娘呀！你可害苦了我啦，我一生的幸福恐怕要為你犧牲了！

摩，為你我還是拚命幹一下的好，我要往前走，不管前面有幾多的荊棘，我一定直著脖子走，非到筋疲力盡我絕不回頭的。因為你是真正的認識了我，你不但認識我表面，你還認清了我的內心。我本來老是自恨為什麼沒有人認識我，為什麼人家全拿我當一個只會玩、只會穿的女子；可是我雖恨，我並不怪人家，本來人們只看外表，誰又能真生一雙妙眼來看透人的內心呢？受著的評論都是自己去換得來的，在這個黑暗的世界有幾個是肯拿真性靈透露出來的？像我自己，還不是一樣成天埋沒了本性以假對人的嗎？只有你，摩！第一個人能從一切的假言假笑中看透我的真心，認識我的苦痛，叫我怎能不從此收起以往的假而真正的給你一片真呢！我自從認識了你，我就有改變生活的決心，為你我一定認真的做人了。

因為昨晚一宵苦思，今晨又覺滿身痠痛，不過我快樂，我得著了一個全靜的夜。本來我就最愛清靜的夜，靜悄悄只有我一個人，只有滴答的鐘聲做我的良伴，讓我愛做什麼就做什麼，不論坐著、睡著、看書，都是安靜的；再無聊時耽著想想，做不到的事，得不著的快樂，只要能閉著眼像電影似的一幕幕在眼前飛過也是快樂的，至少也能得著片刻的安慰。昨晚我想你，想你現在一定已經看得見西伯利亞的白雪了，不過你眼前雖有不容易看得到的美景，可是你身旁沒有了陪伴你的我，你一定也跟我現在一般的感覺著寂寞，一般心內叫著痛苦的吧！我從前常聽人說生離死別是人生最難忍受的事，我老是笑著說人痴情，誰知今天輪到了我身上，才知道人家的話不是虛的，全是從痛苦中得來的實言。我今天才身受著這種說不出、叫不明的痛苦，生離已經夠受的了，死別的味兒想必更不堪設想吧。

回家去陪娘去看病，在車中我又探了探她的口氣，我說照這樣的日子再往下過，我怕我的身體上要擔受不起了。她倒反說我自尋煩惱，自找痛苦，好好的日子不過，一天到晚只是去模仿外國小說上的行為，講愛，說什麼精神上痛苦不痛苦，那些無味的話有什麼道理。本來她在四十多年前就生出來了，我才生了二十多年，二十年內的變化與進步是不可計算的，我們的思想當然不能符合了。她們看來夫榮子貴是女子的莫大幸福，個人的喜、樂、哀、怒是不成問題的，所以也難怪她不能明了我的苦楚。本來人在幼年時灌進腦子裡的知識與教育是永不會遷移的，何況是這種封建思想與禮教觀念更不容易使她忘記。所以從前多少女子，為了怕人罵，怕人背後批評，甘願自己犧牲自己的快樂與身體，怨死閨中，要不然就是終身得了不死不活的病，呻吟到死。這一類的可憐女子，我敢說十個裡面有九個是自己明知故犯的，她們可憐，至死還不明白是什麼害了她們。摩！我今天很運氣能夠遇著你，在我不認識你以前，我的思想、我的觀念也同她們一樣，我也是一樣的沒有勇氣，一樣的預備就此糊里糊塗的一天天往下過，不問什麼快樂、什麼痛苦，就此埋沒了本性過它一輩子完事的；自從見著你，我才像烏雲裡見了青天，我才知道自埋自身是不應該的，做人為什麼不轟轟烈烈的做一番呢？我願意從此跟你往高處飛，往明處走，永遠再不自暴自棄了。

三月二十八日

一連又是幾天不能親近你了，摩！這日子真有點過不下去了，一天到晚只是忙些無味的酬應，你的訊息又聽不到，你的信也不來，算來你上工了也有十幾天了，也該有信來了，為什麼天天拿進來的信我老也見不著你的呢？難道說你真的預備從此不來信了嗎？也許朋友們的勸慰是有理的。你應該離開我去海外洗一洗腦子，也許可以洗去我這汙濁的黑影，使你永遠忘記你曾經認識過我。我投進你的生命中也許是於你不利，也許竟可破壞你的終身的幸福的，我自己也明白，也看得很清，而且我們的愛情是不能讓社會明了，是不能叫人們原諒的。所以我不該盼你有信來，臨行時你我不是約好不通信、不來往，大家試一試能不能彼此相忘的嗎？在嘴裡說的時候，我的心裡早就起了反對（不知你心裡如何），口內不管怎樣的硬，心裡照樣還是軟綿綿的；那一忽兒的口邊硬在半小時內早就跑遠了，因此不等到家我就變了主意，我信你也許跟我一樣，不過今天不知怎樣有點信不過你了，難道現在你真想實行那句話了嗎？難道你才離開我就變了方向了嗎？你若能真的從此不理我倒又是一件事了。本來我昨天就想退出了，大概你在第三封信內可以看見我的意思了，你還是去走那比較容易一點的舊路吧，那一條路你本來已經開闢得快成形了，為什麼又半路中斷去呢？前面又不是絕對沒有希望，你不妨再去走走看，也許可以得到圓滿的結果，我這邊還是滿地的荊棘，就是我二人合力的工作也不知幾時才可以達到目的地呢！其中的情形還要你自己再三想想才好。我很願意你能得著你最初的戀愛，我願意你快樂，因為你的快樂就和我的一樣。我的愛你，並不一定要你回答我，只要你能得到安慰，我心就安慰了，我還是能照樣的愛你，並不一定要你知道的。是的，摩！我心裡亂極了，這時候我眼裡已經沒有了我自己，我心裡只有你的影子、你的身體，我不要想自身的安全，我只想你能因為愛我而得到一些安慰，那我看著也是樂的。

三月二十九日

前天寫得好好的，他又回來了。本來這幾天因為他在天津，所以我才得過著幾天清閒的日子，在家裡一個人坐著看看書，寫寫字，再不然想你時就同你筆上談談，雖然只是我一個人自寫自意，得不著一點回音，可是我覺得反比同一個不懂的人談話有趣得多。現在完了，我再也不能得到安慰了。所以昨天我就出去了一整天，吃飯，看戲，反正只要有一個去處，便能將青天快快的變成黑天。怪的倒是你為什麼還沒有信來？你沒有信來我就更坐立不安了。我的心每天只是無理由的跳，好好的跟人家說著話的時候我也會一陣陣的臉紅心跳，自己也不知道是為了什麼，這樣下去，我怕要得心臟病了。

四月十二日

好，這一下有十幾天沒有親近你了，吾愛，現在我又可以痛痛快快的來寫了。前些日因為接不著你的信，他又在家，我心裡又煩，就又忘了你的話，每天只是在熱鬧場中去消磨時候，不是東家打牌就是出外跳舞；有時精神委頓下來也不管，搖一搖頭再往前走，心裡恨不得從此消滅自身，眼前又一陣陣的糊塗起來，你的話、你的勸告也又在耳邊打轉身了。有時娘看得我有些出了神似的就逼著我去看醫生，碰著那位克利老先生又說得我的病非常的沉重，心臟同神經都有了十分的病。因此父母為我又是日夜不安，尤其是伯伯每天跟著我像唸經似的勸，叫我不能再如此自暴自棄。看了老年人著急的情形，我便只能答應吃藥，可笑！藥能治我的病嗎？再多吃一點也是沒有用的，心裡的病醫得好嗎？一邊吃藥，一邊還是照樣的往外跑，結果身體還是敵不過，沒有幾天就真正病倒在床上了。這一來也就不得不安靜下來，藥也不能不吃了。還好，在這個時候我得著了你的安慰，你一連就來了四封信，他又出了遠門，這兩樣就醫好了我一半的病，這時候我不病也要求病了，因為借了病的名字我好一個人靜靜的睡在床上看信呀！摩！你的信看得我不知道蒙了被哭了幾次，你寫得太好了，太感動我了！今天我才知道世界上的男人並不都是像我所想像那樣的，世界上還有像你這樣純粹的人呢，你為什麼會這樣的不同呢？

摩！我現在又後悔叫你走了，我為什麼那樣的沒有勇氣，為什麼要顧著別人的閒話而叫你去一個人在冰天雪地裡過那孤單的旅行生活呢？這只能怪我自己太沒有勇氣，現在我恨不能丟去一切飛到你的身邊來陪你。我知道你的苦，摩，眼前再有美景也不會享受的了。咳！我的心簡直痛得連話都說不出來了，這樣的日子等不到你回來就要完的。這幾天接不著你的信已經夠害得我病倒，所以只盼你來信可以稍得安心，誰知來了信卻又更加上幾倍的難受。這一忽兒幾百支筆也寫不出我心頭的亂，什麼味兒自己也說不出，只覺得心往上鑽，好像要從喉管裡跳出來似的，床上再也睡不住了，不管滿身熱得多厲害，我也再按止不住了，在這深夜裡再不借筆來自己安慰自己，我簡直要瘋了。摩，你再不要告訴我你受了寒的話吧，你不病已經夠我牽掛的了，你若是再一病，那我是死定了。我早知道你是不會自己管自己的，所以臨行時我是怎樣叮嚀你的，叫你千萬多穿衣服，不要在車上和衣睡著，你看，走了不久就著冷了。你不知道過西伯利亞時候夠多冷，雖然車裡有熱氣，你只要想薄薄的一層玻璃哪能擋得住成年不見化的厚雪的寒氣。你為什麼又坐著睡著呢？這不是活活急死我嗎？受了一點寒還算運氣，若是變了大病怎麼辦？我又不能飛去，所以只能你自己保重啊。

你也不要怨了，一切一切都是命，我現在看得明白極了，強求是無用，還是忍著氣，耐著心等命運的安排吧。也許有那麼一天等天老父一看見了我們在人間掙扎的苦況，哀憐的叫聲，也許能叫動他的憐恤心給我們相當的安慰，到那時我們才可以吐一口氣了！現在縱然是苦死也是沒有用的，有誰來同情你？有哪一個能憐恤你？還不如自認了吧。人要強命爭氣是沒有用的，只要看我們現在一隔就是幾千里，誰叫誰都叫不著，想也是枉然。一個在海外惆悵，一個在閨中呻吟，你看！這不是命運嗎？這難道不是老天的安排？這不是他在冥冥中使開他那蒲扇般的大手硬生生的撕開我們嗎？柔弱的我們，哪能有半點的倔犟？不管心裡有多少的冤屈，事實是會有力量使得你服服帖帖的違背著自己的心來做的。這次你問心是否願意離著我遠走的，我知道不是！誰都能知道你是勉強的，不過你看，你不是分明去了嗎？我為什麼不留你？為什麼會甘心的讓你聽了人家的話而走呢？為什麼我們兩人沒有決心來挽回一切？我心裡分明口口聲聲的叫你不要走，可是你還不是照樣的走了！你明白不？天意如此，就是你有多大的力量也挽回不轉的。所以我一到愁悶得無法自解的時候，就只好拿這個理由來自騙了。

現在我一個人靜悄悄地獨坐在書桌前，耳邊只聽見街上一聲兩聲的打更聲，院子裡靜得連風吹樹葉的聲音都沒有。什麼都睡了，為什麼我放著軟綿綿的床不去睡？別人都一個個正濃濃的做著不同的夢，我一個人倒肯冷清清的呆坐著呢？為誰？怨誰？摩，只怕只有你明白吧！我現在一切怨、恨、哀、痛，都不放在心裡，我只是放心不下你。我閉著眼好像看見你一個人和衣耽在車廂裡，手裡拿了一本書，可是我敢說你是一句也沒有看進去，皺著眉閉著眼的苦想。車聲風聲大的也分不出你我，窗外是黑得一樣也看不出，車裡雖有暗暗的一支小燈，可也照不出什麼來。在這樣慘淡的情形下，叫你一個人去受，叫我哪能不想著就要瘋？摩！我害了你，事到如今我也明知沒有辦法的了，只好勸你忍著些吧；你快不要獨自惆悵，你快不要讓眼前風光飛過，你還是安心多作點詩、多寫點文章吧，想我是免不了的。我也知道，在我們現在所處的地位，彼此想要強制著不想是不可能的，我自己這些日子何嘗不是想得你神魂顛倒。雖然每天有意去尋事做，想減去想你的成分，結果反做些遭人取笑的舉動，使人家更容易看得出我的心有別思，只要將我比你，我就知道你現在的情形是怎樣了。別的話也不用說了，摩，忍著吧！我們現在是眾人的俘虜了，快別亂動，一動就要招人家說笑的，反正我這一面由我盡力來謀自由，一等機會來了我自會跳出來，只要你耐心等著不要有二心。

我今天提筆的時候是滿心雲霧，包圍得我連光亮都不見了，現在寫到這裡，眼前倒像又有了希望，心底裡的彩霞比我臺前的燈光還亮，滿屋子也好像充滿了熱氣使人遍體舒適。摩！快不用惆悵，不必悲傷，我們還不至於無望呢！等著吧！我現在要去尋夢了，我知道夢裡也許更能尋著暫時的安慰，在夢裡你一定沒有去海外，還在我身邊低聲的叮嚀，在頰旁細語溫存。是的，人生本來是夢，在這個夢裡我既然見不著你，我又為什麼不到那一個夢裡去尋你呢？這一個夢裡做事都有些礙手阻腳的，說話的人太多了，到了那一個夢裡我相信你我一定能自由做我們所要做的事，決沒有旁人來譭謗，再沒有父母來干涉了！摩，要是我們能在那一個夢裡尋得著我們的樂土，真能夠做我們理想的伴侶，永遠的不分離，不也是一樣的嗎？我們何不就永遠住在那裡呢？咳！不要把這種廢話再說下去了，天不等我，已經快亮了，要是有人看見我這樣的呆坐著寫到天明，不又要被人大驚小怪嗎？不寫了，說了許多廢話有什麼用處呢？你還是你，還是遠在天邊，我還是我，一個人坐在房裡，我看還是早早的去睡吧！

四月十五日

病一好就成天往外跑，也不知哪兒來的許多事，躲也躲不遠，藏也沒有地方藏，每天像囚犯似的被人監視著，非去不可，也不管你心裡是什麼味兒。更加一個娘，到處都要我陪著去，做女兒的這一點責任又好像無可再避，只得成天拿一個身體去酬應她們，不過心裡的難過是沒有人可以知道的了。害得我一連幾天不能來親近你，我的愛，這種日子也真虧我受得了！今天又和母親大鬧，我就問她「一個人做人還是自己做呢，還是為著別人做呢？」我覺得一個人只要自己對得住自己就成了，管別人的話是管不了許多的。這許多人你順了這個做，那個也許不滿意，聽了那一個的話又違背了這一個，結果是永遠不會全滿意的。為了要博取人家一句讚美的話而犧牲了自己的幸福，我看這種人多得很呢！我不願再去把自己犧牲了，我還是管了我自己的好，摩，你說對嗎？

真的，今天還有一件事使我難受到極點：今天我同娘爭論了半天，她就說「我忘了告訴你一件事，你先慢慢的走我還有話呢」，說著她就從床前抽屜裡拿出一封信往我面前一擲，我一看，原來是你的筆跡。我倒呆了半天，不知你寫的什麼，心裡不由得就跳蕩起來了，我拿著一口氣往下看，看得我眼裡的淚珠遮住了我的視線，一個字一個字都像被濃霧裹著似的，再也看不下去了。

摩！我的愛，你用心太苦了，你為我想得太周密了，你那一片清脆得像稚兒的真誠的呼喚聲，打動了我這汙濁的心胸，使我立刻覺得我自身的庸俗。你的信中哪一句話不是從心底裡回轉幾遍才說出來的，哪一字不是隱含著我的？你為我，咳！你為我太苦了，摩！你以為你婉轉勸導一定能打動她的心，多少給我們一條路走走，哪知道你明珠似的話好似跌入了沒底的深海，一點光輝都不讓你發，你可憐的求告又何嘗打得動她像滑石一般硬的心呢！一切不是都白費了嗎？到這種情況之下你叫我不想死還去想什麼呢？不死也要瘋了，我再不能掙扎下去了，我想非去西山靜兩天不可了。只能暫時放下了你再講，我也不管他們許不許，站起來就走，好在這不是跟人跑，同去的都是長輩親友，他們再也說不出別樣新鮮話了。只是一件，你要有幾天接不到我的信呢。

四月十八日

那天寫著寫著他就回來了，一連幾天亂得一點空閒也沒有，本想跑到西山養病，誰知又改了期，下星期一定去得成了。事是一天比一天複雜，他又有到上海去做事的消息，這次來進行的，若是事辦成，我又不知道要發配到何處呢？摩！看起來我們是凶多吉少。怎（麼）辦？我的身體又成天叫他們纏著，每次接著你的信，雖然片刻的安慰是有的，不過看著你一個人在那裡呻吟痛苦，更使我心碎。我以前見著人家寫「心碎」這兩個字，我老以為是說得過分——一個人心若是碎了，人不是也要死了嗎？誰知道天下的成句是無有不從經驗中得來的，我現在真的會覺著心碎了。一到心裡沉悶得無法解說時，我就會感得心內一陣陣的痛，痛得好似心在那兒一塊一塊撕下來，還同時覺得往下墜，那一種味兒我敢說世界上沒有幾個人能享受得到。摩！我也可算得不冤枉了，什麼味兒我都嘗著過了，所謂人生，我也明白了。要是沒有你，我真可以死了。

這兩天我連娘的面都不敢見了，暫且躲過兩天再說，我只想寫信叫你回來，寫了幾次都沒有勇氣寄！其實你走了也不過一個多月，可是好像有幾年似的，而且心裡老有一種感想，好像今生再見不著你了。這是一種壞現象，我知道。我心裡總是一陣陣的怕，怕什麼我也不知道，只覺著我身邊自從沒有了你就好似沒有了靈魂一樣。我只怕沒有了你的鞭督，我要隨著環境往下流，沒有自拔的勇氣，又怕懦弱的我容易受人家的支配。眼前一切都亂得像一蓬亂髮無從理起，就是我的心也亂得坐臥不寧，我知道一定又要有不幸的事生了，他又成天的在家，我簡直連寫日記的工夫都沒有了。

四月二十日

昨天在酒宴前聽到說你的小兒子死了，聽了嚇一跳，不幸的事為什麼老接連著纏擾到我們身上來？為什麼別人的消息倒比我快，你因何信中一字不提！不知你們見著最後的一面沒有？我知道你很喜歡這個小的孩子，這一下又要害你難受幾天，但願你自己保重。摩！我這幾日不大好，寫信也不敢告訴你，怕你為我擔憂，看起來我的身體要支撐不住了，每天只是無故的一陣陣心跳，自你走後我常無端的就耳熱心跳。起頭我還以為是想著你才有這現象，現在不好了，每天要來幾回了。恐怕大病就在這眼前了，若是不立刻離開這環境，簡直一兩天內就要倒下來了。

四月二十四日

現在我要暫時與你告別，我的愛！我決定去大覺寺休養兩禮拜了，在那兒一定沒有機會寫的，雖然我是不忍片刻離開你的，可是要是不走又要生出事來了，只好等你回來再細細的講給你聽吧！現在我拿你暫時鎖起來！愛！讓你獨自悶在一方小屋子裡受些孤單！好不？你知道！要是不將你鎖起，一定有賊來偷你！一定要有人來偷看你！我怕你給別人看了去，又怕偷了去，只好請你受點悶氣了，不要怨我、恨我！

五月十一日

這一回去得真不冤，說不盡的好，等我一件件的事告訴你。我們這幾天雖然沒有親近，可是沒有一天我不想你的，在山中每天晚上想寫，只可恨沒有將你帶去，其實帶去也不妨，她們都是老早上了床，只有我一個睡不著呆坐著，若是帶了你去不是我可以照樣每天親近你嗎？我的日記呀，今天我拿起你來心裡不知有多少歡喜，恨不能將我要說的話像機器似的倒出來，急得我反不知從哪裡說起了。

那天我們一群人到了西山腳下改坐轎子上大覺寺，一連十幾個轎子一條蛇似的遊著上去。山路很難走，坐在轎上滾來滾去像坐在海船上遇著大風一樣的搖擺，我是平生第一次坐，差一點將我滾了出來。走了三里多路快到寺前，只見一片片的白山，白得好像才下過雪一般，山石樹木一樣都看不清，從山腳一直到山頂滿都是白，我心裡奇怪極了。這分明是暖和的春天，身上還穿著袷衣，微風一陣陣吹著入夏的暖氣，為什麼眼前會有雪山湧出呢？打不破這個疑團，我只得回頭問那抬轎的轎伕：「喂！你們這兒山上的雪，怎麼到現在還不化呢？」那轎伕跑得面頭流著汗，聽了我的話他們也好像奇怪似的一面擦汗一面問我：「大姑娘，您說什麼？今年的冬天比哪年都熱，山上壓根兒就沒有下過雪，您哪兒瞧見有雪呀？」他們一邊說著便四下里去亂尋，臉上都現出了驚奇的樣子。那時我真急了，不由得就叫著說：「你們看那邊滿山雪白的不是雪是什麼？」我話還沒有說完，他們倒都狂笑起來了。「真是城裡姑娘不出門！連杏花兒都不認識，倒說是雪，您想五六月裡哪兒來的雪呢？」什麼？杏花兒！我簡直叫他們給笑呆了。顧不得他們笑，我只樂得恨不能跳出轎子一口氣跑上山去看一個明白。天下真有這種奇景嗎？樂極了也忘記我的身子是坐在轎子裡呢，伸長脖子直往前看，急得抬轎的人叫起來了：「姑娘，快不要動呀，轎子要翻了！」一連幾晃，幾乎把我拋入小澗去。這一下才嚇回了我的魂，只好老老實實的坐著再也不敢亂動了。

上山也沒有路，大家只是一腳腳的從這塊石頭跳到那一塊石頭上，不要說轎伕不敢斜一斜眼睛，就是我們坐的人都連氣都不敢喘，兩隻手使勁拉著轎槓兒，兩個眼死盯著轎伕的兩只腳，只怕他們一失腳滑下山澗去。那時候大家只顧著自己性命的出入，眼前不易得的美景連斜都不去斜一眼了。

走過一個石山頂才到了平地，一條又小又彎的路帶著我們走進大覺寺的山腳下。兩旁全是杏樹林，一直到山頂，除了一條羊腸小路只容得一個人行走以外，簡直滿都是樹。這時候正是五月裡杏花盛開的時候，所以遠看去簡直像是一座雪山，走近來才看出一朵朵的花，墜得樹枝都看不出了。

我們在樹蔭裡慢慢的往上走，鼻子裡微風吹來陣陣的花香，別有一種說不出的甜味。摩，我再也想不到人間還有這樣美的地方，恐怕神仙住的地方也不過如此了。我那時樂得連路都不會走了，左一轉右一轉，四圍不見別的，只是花。回頭看見跟在後面的人，慢慢在那兒往上走，好像都在夢裡似的，我自己也覺得我已經不是一個人了。這樣的所在簡直不配我們這樣的濁物來！你看那一片雪白的花，白得一塵不染，哪有半點人間的汙氣？我一口氣跑上了山頂，站上一塊最高的石峰，定一定神往下一看，呀，摩！你知道我看見了什麼？咳，只恨我這支筆沒有力量來描寫那時我眼底所見的奇景！真美！從上往下斜著下去只看見一片白，對面山坡上照過來的斜陽，更使它無限的鮮麗，那時我恨不能將我的全身滾下去，到花間去打一個滾，可是又恐怕我壓壞了粉嫩的花瓣兒。在山腳下又看見一片碧綠的草，幾間茅屋，三兩聲狗吠聲，一個田家的景象，滿都現在我的眼前，蕩漾著無限的溫柔。這一忽兒我忘記了自己，丟掉了一切的煩惱，喘著一口大氣，拚命的想將那鮮甜味兒吸進我的身體，洗去我五臟內的濁氣，重新變一個人，我願意丟棄一切，永遠躲在這個地方，不要再去塵世間見人。真是，摩，那時我連你都忘了。一個人呆在那兒，不是他們叫我我還不醒呢！

一天的勞乏，到了晚上，大家都睡得正濃，我因為想著你不能安睡，窗外的明月又在紗窗上映著逗我，便一個人就走到了院子裡去，只見一片白色，照得梧桐樹的葉子在地下來回的飄動。這時候我也不怕朝露裡受寒，也不管夜風吹得身上抖，一直跑出了廟門，一群小雀兒讓我嚇得一起就向林子裡飛，我睜開眼睛一看，原來廟前就是一大片杏樹林子。這時候我鼻子裡聞著一陣芳香，不像玫瑰，不像白蘭，只熏得我好像酒醉一般。慢慢的我不覺耽了下來，一條腿軟得站都站不住了。暈沉沉的耳邊送過來清呖呖的夜鶯聲，好似唱著歌，在嘲笑我孤單的形影；醉人的花香，輕含著鮮潔的清氣，又陣陣的送進我的鼻管。忽隱忽現的月華，在雲隙裡探出頭來從雪白的花瓣裡偷看著我，也好像笑我為什麼不帶著愛人來。這惱人的春色，更引起我想你的真摯，逗得我陣陣心酸，不由得就睡在蔓草上閉著眼輕輕的叫著你的名字（你聽見沒有）。我似夢非夢的睡了也不知有多久，心裡只是想著你——忽然好像聽得你那活潑的笑聲，像珠子似的在我耳邊滾：「曼，我來！」又覺得你那偉大的手緊握著我的手往嘴邊送，又好像你那頑皮的笑臉，偷偷的偎到我的頰邊搶了一個吻去。這一下我嚇得連氣都不敢喘，難道你真回來了嗎？急急的睜眼一看，哪有你半點影子？身旁一無所有，再低頭一看，原來才發現我自己的右手不知道在什麼時候握住了我的左手，身上多了幾朵落花，花瓣兒飄在我的頰邊好似你來偷吻似的。真可笑！迷夢的幻影竟當了真！自己便不覺無味得很，站起來，只好把花枝兒洩氣，用力一拉，花瓣兒紛紛落地，打得我一身，林內的宿鳥以為起了狂風，一聲叫就往四外裡亂飛。一個美麗的寧靜的月夜叫我一陣無味的惱怒給破壞了。我心裡也再不要看眼前的美景，一邊走一邊想著你，（想著）為什麼不留下你，為什麼讓你走。

五月十四日

回來了不過三天，氣倒又受了一肚子。你的信我都見著了，不要說你過的是什麼日子，我又何嘗是過的人的日子？兩個人在兩地受罪，為的是什麼？想起來真惱人，這次山中去了幾天，再受著無限的傷感，在城裡每天沉醉在遊戲場中、戲園裡，同跳舞場裡，倒還能暫時忘記自己，隨著歌聲舞影去附和；這次在清靜的山中讓自然的景一熏，反激起我心頭的悲恨，更引動我念你的深切。我知道你也是一般的痛苦，我相信你一個人也是獨樂不了，這何苦——摩！你還是回來吧。

事看起來又要變化了，這幾天他又走了，聽說這次上海事若是成功，就要將家搬去，我現在只是每天在祝禱著不要如了他們的願，不知道天能可憐我們不？在山中我探了一探親友們的口氣，還好！她們大半都同情於我的，卻叫我做事不要顧前顧後，要做就做，前後一顧倒將膽子給嚇小了——這話是不錯的，不過別人只會說，要是犯到自己身上，也是一樣的沒有主意。現在我倒不想別的，只想躲開這城市。

這一番山中的生活更打動了我的心，摩！我想到萬不得已時我們還是躲到山裡去吧！我這次看見好幾處美麗的莊園，都是花兩三千塊錢買一座杏花山，滿都是杏花，每年結的杏子，賣到城裡就可以度日；山腳下造幾間平屋，竹籬柴門，再種下幾樣四季吃的素菜，每天在陽光裡栽栽花、種種草，再不然養幾隻鳥玩玩，這樣的日子比做仙人都美。

這次我們坐著轎出去玩的時候，走過好幾處這樣的人家，有的還請我吃飯呢！他們也不完全是鄉下人，雖然他們不肯告訴我們名姓，我們也看得出是那些隱居的人；若是將他們的背景一看，也難說不是跟我們一樣的。我真羨慕他們，我眼看他們誠實的笑臉，同那些不欺人的言語，使我更感覺到自己的渺小。摩！我看世間純潔的心，只有山中還有一兩顆。

我知道局面又要有轉變，但不知轉出怎樣的面目來。為了心神的不安定，我更是坐立不安，不知道做什麼才好，要想打電報去叫你回來，卻又不敢，不叫又沒有主意。摩！這日子真不如死去！我也曾同朋友們商量過，他們勸我要做就不可失去這個機會，不如痛痛快快的告訴了他們，求他們的同意，等他們不答應時，我們再想對付的辦法；若是再低頭跟他們走，那就再沒有出頭的日子了。摩！這時候我真沒有主意了，這個問題一天到晚的在我腦中轉，也絕不定一個辦法。你又不在，一封信來回就要幾十天；不要說幾十天，就是幾天都說不定出什麼變化呢！睡也睡不著，白天又要去酬應，所以精神覺得乏極，你看罷！大病快來了。

五月十九日

這幾日無日不是浸在愁雲中，看情形是一天不對一天了，我們家裡除了爸爸之外，其餘都是喜氣沖沖，尤其是娘，臉上都飾了金，成天的笑。看起來我以後的日子是沒有法子過的了，在這個圈子裡是沒有我的位置的，就是有也坐不住的。摩！你還不回來，我怕你沒有機會再見我了，我的心臟都要裂了，我實在沒有法子自己安慰自己，也沒有勇氣去同她們爭言語的短長了。今天和他大鬧了一回，回進房裡倒在床上就哭，摩！我為什麼要受人的奚落！叫人家看著倒像我做了愧心事似的！這種日子我再也忍受不下了。

六月二十一日

好！這一下快一個月沒有寫了。昨天才回來的，摩，你一定也急死了，這許久沒有接著我的信。自從同他鬧過我就氣病了，一件不如意，件件不如意，不然還許不至於病倒，實在是可氣的事太多了，心裡收藏不下便只好爆發。那天鬧過的第三天又為了人家無緣無故的把意外的事鬧到我頭上來，我當場就在飯店裡病倒，暈迷得人事不知，也不知什麼時候他們把我抬了回來，等我張開眼，已經睡在自己床上了。我只覺得心跳得好像要跑出喉管，身體又熱得好像浸在火裡一般，眼前只看見許多人圍在床邊叫我不要急，已經去請醫生了。到三點多鐘B才將醫生打仗似的從床上拉了起來，立刻就打了兩針，吃了一點藥。這個老外國克利醫生本是最喜歡我的，見我病了他更是盡心的看，坐在床邊拉著我的手數脈跳的數目，屋子裡的人卻是滿面愁容連大氣都不敢出，我看大家的樣子，也明白我病的不輕。等了二十幾分鐘我心跳還不停，氣更喘得透不過來，話也一句說不出，只看見W、B同醫生輕輕的走出外邊唧唧的細語，也不知道說些什麼。一忽兒W輕輕的走到床邊在我耳旁細聲的說：「要不要打電報叫摩回來？」

我雖然神志有些昏迷，可是這句話我聽得分外清楚的。我知道病一定是十分凶險，心裡倒也慌起來了：「是不是我要死了？」他看我急的樣子，又怕我害怕，立刻和緩著臉笑瞇瞇的說：「不是，病是不要緊，我怕你想他，所以問你一聲。」我心裡雖是十二分願意你立刻飛回我的身旁，可是懦弱的我又不敢直接的說出口來，只好含著一包熱淚對他輕輕的搖了一搖頭。

醫生看我心跳不停，也只好等到天亮將我送進醫院，打血管針，照x光，用了種種法子才將我心跳止住。這一下就連著跳了一日一夜，跳得我睡在床上軟得連手都抬不起來；到了第三天我才知道W已經瞞著我同你打了電報，不見你的回電，我還不知道呢！

自從接著你的電報我就急得要命，自己又沒有力氣寫信，看你又急得那樣子，又怕你不顧一切的跑了回來，只好求W給你去信將病情騙過，安了你的心再說。頭幾天我只是心裡害怕，他們又不肯對我實說，我只怕就此見不著你，想叫你回來，一算日子又怕等你到，我病已經好了，反叫人笑話。到第四天，醫生坐在床上跟我說許多安慰的話，他說：「你若是再胡思亂想不將心放開，心跳不能停，再接連的跳一日一夜就要沒有命了！醫生再有天大的能力也挽不回來了。天下的事全憑人力去謀的，你若先失卻了性命，你就自己先失敗。」聽了他這一遍話我才真正的丟開一切，什麼也不想，只是靜靜的休養。一個人住了一間很清靜的病房，白天有W同B等來陪我說笑，晚上睡得很早，一個星期後才見往好裡走。

在院裡除了想你外，別的都很好：這次病中多虧W同B的好意，你回來必須好好的謝謝他們呢！這時候我又回到自己家裡。他是早就在我病的第二天動身赴滬了，官要緊，我的病是本來無所謂的。走了倒好，使我一心一意的靜養，總算過著二十天清閒日子，不過一個人靜悄悄的睡在床上更是想你不完。你的信雖然給我不少安慰，可也更加我的惆悵。現在出了院問題就來了，今天還是初次動筆，不能多寫，明後天再說吧！

六月二十六日

今天又接著你的電報！真是要命的！我知道你從此不會安心的了，其實你也不必多憂，我已經好多了，回家後只跳了五天，時間並不長，不久一定要復原的。真急死我了，路又遠，信的來回又日子長，打電報又貴，你叫我怎樣安慰你呢？看著你乾著急我心裡也是難過，想要叫你回來又怕人笑，雖然半年的期限已經過了一半，以後的三個月恐怕更要比以前的難過。目前我是一切都拿病來推，娘哪裡也不敢多去，更不敢多講，見面只是說我身體上種種的病，所以她們還沒有開口叫我南去呢，這暫時的躲避是沒有用的；我自己也很明白，不過想來想去也想不出個良善的法子來對付，真是過了一天算一天，你我的前程真不知是怎樣一個了局呢？

六月二十八日

因為沒有力氣所以耽在床上看完一本 *The Paint Edveil*（《假面》），看得我心酸到萬分，雖然我知道我也許不會像書裡的女人那樣慘的。書中的主角是為了愛，從千辛萬苦中奮鬥，才達到了目的；可是歡聚了沒有多少日子男的就死了，留下她孤單單的跟著老父苦度殘年。摩！你想人間真有那樣殘忍的事嗎？我不知道為什麼要為故人擔憂，平白哭了半天，哭得我至今心裡還是一陣陣的隱隱作痛呢！想起你更叫我發抖，但願不幸的事不要尋到我們頭上來。只可恨將來的將來，不能讓我預先知道，你我若是有不幸的事臨頭，還不如現在大家一死了事的好。

我正在傷心的時候又接到你三封信，看了使我哭笑不能。摩，我知道你是沒有一分鐘不在那兒需要我，我也知道你隨時隨地的在那兒叫著我的名字。愛！你知道我的身體雖然遠在此地，我的靈魂還不是成天環繞在你的身旁；你一舉一動我雖不能親眼看見，可是我的內心什麼都感覺得到的。

今天在外邊吃飯！同桌的人無意（也許是有意）說了一句話，使我好像一下從十八層樓上跌了下來。原來他有一個朋友新從巴黎回來，看見你成天在那裡跳舞，並且還有一個胖女人同住。不管是真是假，在我聽得的時候怎能不吃驚！況且在座的朋友們，都是知道你我交情很深，說著話的時候當然都對我笑，好像笑我為什麼不識人！那時我雖然裝著快樂的樣子，混在裡面有說有笑，其實我心裡的痛苦真好比刀刺還厲害，恨不能立刻飛去看看真假。雖然我敢相信你不會那樣做，不過人家也是親眼看見的，這種話豈能隨便亂說呢？這一下真叫我冷了半截，我還希望什麼？我還等什麼？我還有什麼出頭的日子？你看你寫的那一封封的信，哪一封不是滿含至誠的愛？哪一封不是千斛的相思？哪一字、哪一語不感動得我熱淚直流，百般的愧恨？現在我才明白一切都是幻影，一切都是假的。咳，我不要說了，我不忍說了，我心已碎，萬事完了，完了，一切完了。

七月十六日

為了一時的氣憤平空丟了好些日子，也無心於此了。其實今天回過來一想，你一定不會如此的，雖然心裡恨你，可是沒有用，照樣日夜的想你。前天實在忍受不住了，打了一個電報叫你回來，出了電報又後悔，反正心裡左也不是右也不是，白日雖跟著他們遊玩，一到夜靜，什麼都又回到腦子裡來了。

今天我的動筆是與你告別了，摩！你知道事情出了大變化——這變化本來是在我預料中的，我也早知道要這樣結果的，我自問我的力量是太薄弱，沒有勇氣，所以只好希望你回來幫助我，或許能挽回一切。你知道，前天我還沒有起床就叫家裡來的人拉了回去，進門就看見一家人團團圍坐在一個屋子裡，好像議論什麼國家大事似的，有的還正拿著一封信來回的看，有的聚在一起細聲的談論。看了這樣嚴重的情形，倒嚇我一跳，以為又是你來了什麼信，使得他們大家紛紛議論呢。見我進去，娘就在母舅手裡搶過信來擲在我身上，一邊還說，「你自己去看吧！倒是怎麼辦？快決定！」我拿起來一看才知道是他來的信。一封哀的美敦書（哀的美敦，英語 **ultimatum**，意為「最後通牒」），下令叫娘即刻送我到南方去，這次再不肯去就永遠不要我去了。口吻非常嚴厲，好像長官給下屬的命令一般，好大的口氣！我一邊看一邊心裡打算怎樣對付；雖然我四面都像是滿布著埋伏，不容我有絲毫的反響，可是我心裡始終不願意就此屈服，所以我看完了信便冷冷的說：「我道什麼大事！原來是這一點小事！這有什麼為難之處呢？我願意去就去，我不願去難道能搶我去嗎？」娘聽了這話立刻變了臉說：「哪有這樣容易，嫁雞隨雞，嫁狗隨狗，這是古話，不去算什麼？」我那時也無心同他們爭論，我只是心裡算著你回來的日子，要是你接著電報就走，再有二十天也可以到了，無論如何這幾天的工夫總可以設法遲延的，只是眼前先要拖得下才成。所以當時我決定不鬧，老是敷衍他們，誰知他們更比我聰明，我心裡的意思他們好似看得見一般，簡直連這一點都不允許你，非逼著我答應在這一個星期中動身不可。這一來可真惱恨了我，連氣帶急，將我的老毛病給請了回來。當時心跳得就暈了過去，到靈魂兒轉回來時，一屋子的人都已靜悄悄的不敢再爭著講話了。我回到家中，什麼都不想要了，我覺得眼前一切都完了，希望也沒有了，我這裡又是處於這種環境之下，你那裡要是別人帶來的消息是真的話，我不是更沒有所望了嗎？看起來我是一定要叫他們逼走的，也許連最後的一面都要見不著你，我還求什麼？不過我明天還要去同他們作一個最後的爭論，就是要我走，也非容我見著你永訣了再走不可。咳，摩，這時候你能飛來多好！你叫我一個人怎（麼）辦？說又沒有地方去說，只有w還能相商，不過他又是主張決裂的、強霸的。我又有點不敢。天呀！你難道不能給我一點辦法嗎？我難道連這點幸福都不能享得嗎？

七月十七日

昨晚苦思一宵，今晨決定去爭鬧，無論什麼來都不怕，非達到目的不可，誰知道結果還是一樣，現在又只剩我一個人大敗而回。這一回是真絕望定了，我的力量也窮了。

我走去的時候是勇氣百倍，預備拿性命來碰的，所以進內就對他們說，要是他們一定要逼我去的話，我立刻就死，反正去也是死，不過也許可以慢點，那何不痛快點現在就死了呢？這話他們聽了一點也不怕，也不屈服，他們反說：「好的，要死大家一同死！」好！這一下倒使我無以下臺。真死，更沒有見你的機會，不死就要受罪，不過我心裡是痛苦到萬分，既然講不明白我就站起來想走了。他們見我真下了決心倒又叫了我回去，改用軟的法子來騙我，種種的解說，結果是二老對我雙淚俱流的苦苦哀求。咳！可憐的他們！在他們眼光下離婚是家庭中最羞慚的事，兒女做了這種事，父母就沒臉見人了，母親說只要我允許再給他一個機會，要是這次前去他再待我不好，再無理取鬧，自有他們出面與我離，絕不食言，不過這次無論如何再聽他們一次。直說得太陽落了山，眼淚溼了幾條手帕，我才真叫他們給軟化了。父母到底是生養我的，又是上了年紀；生了我這樣的女兒已經不能隨他們心，不能順他們的志願，豈能再害他們為我而死呢？所以我細細的一想，還是犧牲了自己吧！我們反正年輕，只要你我始終相愛，不怕將來沒有機會，只是太苦了。話是容易講的，只怕實行起來不知要痛苦到如何程度呢！我又是一身的病，有希望的日子也許還能多活幾年，要是像現在的歲月，只怕過不了幾個月就要萎頹下來了。

摩！我今天與你永訣了，我開始寫這本日記的時候本預備從暗室走到光明，憂愁裡變出歡樂，一直的往前走，永遠的寫下去，將來若是到了你我的天下時，我們還可以合寫你我的快樂，到頭白了拿出來看，當故事講，多美滿的理想！現在完了，一切全完了，我的前程又叫烏雲蓋住了，黑暗暗的又不見一點星光。

摩！唯一的希望是盼你能在二星期中飛到，你我做一個最後的永訣。以前的一切，一個短時間的快樂，只好算是一場春夢、一個幻影，沒有留下一點痕跡；可以使人們紀念的，只能閉著眼想想，就是我唯一的安慰了。從此我不知道要變成什麼呢？也許我自己暗殺了自己的靈魂，讓軀體隨著環境去轉，什麼來都可以忍受；也許到不得已時我就丟開一切，一個人跑入深山，什麼都不要看見，也不要想，同沒有靈性的樹木山石去為伍，跟不會說話的鳥獸去做伴侶，忘卻我自己是一個人，忘卻世間有人生，忘卻一切的一切。

摩！我的愛！到今天我還說什麼？我現在反覺得是天害了我，為什麼天公造出了你又造出了我？為什麼又使我們認識而不能使我們結合？為什麼你平白的來踏進我的生命圈裡？為什麼你提醒了我？為什麼你來教會了我愛？愛，這個字本來是我不認識的，我是模糊的，我不知道愛也不知道苦，現在愛也明白了，苦也嘗夠了，再回到模糊的路上去倒是不可能了，你叫我怎（麼）辦？

我這時候的心真是碎得一片片的往下落呢！落一片痛一陣，痛得我連筆都快拿不住了，我好怨！我怨命，我不怨別人。自從有了知覺我沒有得到過片刻的快樂，這幾年來一直是憂憂悶悶的過日子，只有自從你我相識後，你教會了我什麼叫愛情，從那愛情裡我才享受了片刻的快樂——一種又甜又酸的味兒，說不出的安慰！可惜現在連那片刻的幸福也沒福再享受了。好了，一切不談了，我今後也不再寫什麼日記，也不再提筆了。

現在還有一線的希望！就是盼你回來再見一面，我要拿我幾個月來所藏著的話全盤的倒了出來，再加一顆滿含著愛的鮮紅的心，送給你讓你安排，我只要一個沒有靈魂的身體讓環境去踐踏，讓命運去支配。

你我的一段緣，只好到此為止了，此後我的行止你也不要問，也不要打聽，你只要記住那隨著別人走的是一個沒有靈魂的人。我的靈魂還是跟著你的，你也不要灰心，不要罵我無情，你只來回的拿我的處境想一想，你就一定會同情我的，你也一定可以想像我現在心頭的苦也許更比你重三分呢！

要是我們來不及見面的話，你也不要怨我，不是我忍心走，也不是我要走，我只是已經將身體許給了父母！我一切都犧牲了，我留給你的是這本破書，雖然寫得不像話，可是字字是從我熱血裡滾出來的，句句是從心底裡轉了幾轉才流出來的，尤其是最後這兩天！哪一字、哪一句不是用熱淚寫的？幾次寫得我連字都看不清，連筆都拿不動，只是伏在桌上喘。我心裡的痛也不用多說，我也不願意多說；我一直是個硬漢，什麼來都不怕；我平時最不愛哭，最恨流淚，可是現在一切都忍受不住了。

摩，我要停筆了，我不能再寫下去了；雖然我恨不得永遠的寫下去，因為我一拿筆就好像有你在邊兒上似的，永遠的寫就好像永遠與你相近一般，可是現在連這唯一的安慰都要離開我了。此後「安慰」二字是永遠不再會跑上我的身了，我只有極大的加速往前跑；走最近的路——最快的路——往老家走吧，我覺得一個人要毀滅自己是極容易辦得到的。我本來早存此念的——一直到見著你才放棄，現在又回到從前一般的境地去了。

此後我希望你不要再留戀於我，你是一個有希望的人，你的前途比我光明得多，快不要因我而毀壞你的前途。我是沒有什麼可惜的，像我這樣的人，世間不知要有多少，你快不要傷心，我走了，暫時與你告別，只要有緣也許將來會有重見天日的一天，只是現在我是無力問聞。我只能忍痛的走——走到天涯地角去了。不過——你不要難受，只要記住，走的不是我，我還是日夜的在你心邊呢！我只走一個人，一顆熱騰騰的心還留在此地等——等著你回來將它帶去啊！

附錄

《卞崑岡》序

余上沅

不知是什麼緣故，志摩、小曼都和義大利的戲劇發生了一種關係：志摩譯過《死城》，小曼譯過《海市蜃樓》。或許是偶然的罷，他倆最近合作的《卞崑岡》，在我個人看，也彷彿有一點義大利的氣息。

提到義大利的戲劇，我們便不能不想到他們的兩個重要時期：文藝復興以後和現代。文藝復興以後的義大利戲劇觀念是「食古不化」；變本加厲，批評家誤解了亞里士多德及何瑞思的原理，把它們鑄成了一堆死的規律。他們蔑視中世紀的成績，蔑視民間的戲劇，他們不明白編劇家與劇場演員及觀眾間的關係：結果是義大利沒有戲劇，除掉一些仿古的空洞作品，一般人沒有品味，除掉維持粗俗的短打和蒙面喜劇。經過了18世紀的法國影響和19世紀的沉寂，四十年來，義大利的戲劇在世界文藝上終於占了一個地位。從近代義大利戲劇裡，我們看得見詩同戲劇的密切關係，我們看得出他們能夠領略人生的奧祕，並且能夠火焰般的把它宣達出來。急進一步，他們中間並且創立了所謂之未來派的戲劇，雖然它不能得到生命的延長。在義大利的現代戲劇裡，除了一兩個作家之外，能夠持平不偏的幾乎再沒有了。但是他們的氣魄，他們的膽量，總是配受相當的敬意的罷。剛才我不是說志摩、小曼合作的《卞崑岡》彷彿有一點義大利的氣息麼？這話可又得說回來了，這個彷彿是有限制的，並不是絕對的。雖然《卞崑岡》也多少有些古典的體制，可它並不是死守那文藝復興以後的呆板理論，並且，我還以為作者在動筆以先並不會想到過任何戲劇理論。至於氣魄和膽量，《卞崑岡》倒比較的和義大利現代劇接近得多。在有意無意之間，作者怕免不了《死城》和《海市蜃樓》一類的影響罷。這都是我妄測的，作者及讀者都不見得肯和我同意，我知道。

其實，志摩根本上是個詩人，這也在《卞崑岡》裡處處流露出來的。我們且看它字句的工整，看它音節的自然，看它想像的豐富，看它人物的選擇，看它——不，也得留一些讓讀者自己去看不是？他的內助在故事及對話上的貢獻，那是我個人知道的。志摩的北京話不能完全脫去硤石土腔，有時他自己也不否認；《卞崑岡》的對話之所以如此動人逼真，那不含糊的是小曼的貢獻——尤其是劇中女人說的話。故事的大綱也是小曼的；如果在穿插呼應及其他在技術上有不妥當的地方，那得由志摩負責，因為我看見原稿，那是大部分志摩執筆的。兩人合作一個劇本實在是不很容易，誰都不敢冒這兩人打架的危險。像布孟（Beaumont）弗雷琪（Fletcher）兩人那樣和氣不是常有的事。詩人葉芝（W.B. Yeats）同格里各雷夫人（Lady Gregory）合作劇本時是否也曾經打架，我不得而知，不過我想用他們來比譬志摩、小曼的合作，而且我以為這個比譬是再切貼沒有的了。至於究竟是否切貼，我也不在此地多說，還是請讀者去看一看 he Unicorn from the Stars」罷。

說志摩根本上是個詩人，在此地並不含有恭維他的意思。假使莎士比亞不進劇場，沒有白貝治一班朋友，也許他只繼續寫他的商籟（Sonnet）。詩人上再加戲劇兩個字是非經過劇場的訓練不可的，這件事似乎在歷史上還沒有過例外。我曾勸志摩約幾個朋友排演《卞崑岡》，把它排印單行本，我也是慫恿最力的一個（因此志摩便責成我寫一篇序）。那麼，有不妥的地方以後我們及作者自己都好避免，而我們更樂得領會它的長處。我們的戲劇界沉悶極了，有它出來給我們一個刺激多少是件好事不是？新戲劇的成功早晚就要到的，《卞崑岡》正好做一個起點。

我不希望《卞崑岡》有人把它當一件傑作，因為作者還有無窮的希望，而這個無窮的希望又是在《卞崑岡》裡可以感覺得到的。我更不希望只是《卞崑岡》的作者有無窮的希望，因為建設新戲劇絕不是一兩個人的私事。

《卞崑岡》序

電子書購買

國家圖書館出版品預行編目資料

隨著日子往前走：忘卻人間煙火氣 / 陸小曼著 . — 第一版 . — 臺北市：崧燁文化事業有限公司，2023.07
面；　公分
POD 版
ISBN 978-626-357-450-2(平裝)
855　　112008997

隨著日子往前走：忘卻人間煙火氣

臉書

作　　者：陸小曼
發 行 人：黃振庭
出 版 者：崧燁文化事業有限公司
發 行 者：崧燁文化事業有限公司
E-mail：sonbookservice@gmail.com
粉 絲 頁：https://www.facebook.com/sonbookss/
網　　址：https://sonbook.net/
地　　址：台北市中正區重慶南路一段六十一號八樓 815 室
Rm. 815, 8F., No.61, Sec. 1, Chongqing S. Rd., Zhongzheng Dist., Taipei City 100, Taiwan
電　　話：(02) 2370-3310　　　傳　　真：(02) 2388-1990
印　　刷：京峯數位服務有限公司
律師顧問：廣華律師事務所 張珮琦律師

定　　價：299 元
發行日期：2023 年 07 月第一版
◎本書以 POD 印製